Aleksandar Tišma
Die wir lieben

Aus dem Serbokroatischen von
Barbara Antkowiak

Carl Hanser Verlag

Titel der Originalausgabe: *Koje volimo*,
Svjetlost, Sarajevo 1990

Die Übersetzung wurde gefördert vom
Literarischen Colloquium Berlin
mit Mitteln des Auswärtigen Amtes
und der Senatsverwaltung für
Kulturelle Angelegenheiten Berlin

1 2 3 4 5 00 99 98 97 96

ISBN 3-446-17823-6

Satz: Satz für Satz. Barbara Amann, Leutkirch
Druck und Bindung: Clausen & Bosse, Leck
Printed in Germany

Die wir lieben

Katarina führt ein neues Mädchen namens Beba ein. Zuerst hat sie Beba an ihre Bekannten vermittelt: den Akquisiteur Balázs, einen alten Junggesellen, und den kleinen, stark behaarten Bautechniker Mijušković, der kürzlich seine Frau aus dem Haus gejagt hat. Weil sie sonst von niemandem weiß, der es sich erlauben kann, seinem Vergnügen zu Hause nachzugehen, und weil sie selbst keinen freien Wohnraum besitzt, hat sie Beba als ihren Schützling bei Miluška untergebracht.

Beba ist nicht nur neu in der Stadt, sondern auch im Metier, und daher besonders geschätzt, so daß um ihren weiteren Einsatz ungewöhnliche Nervosität herrscht, die nicht frei ist von weiblicher und professioneller Heuchelei. Katarina informiert ihre Freunde im Flüsterton über Bebas Existenz und gegen ein Trinkgeld auch darüber, wo sie zu finden ist, nur sollen sie Miluška um keinen Preis verraten, wer sie geschickt hat, sondern so tun, als wäre es ein zufälliger Besuch, bei dem sie dem Mädchen begegnen. Und sie sollen nicht verlangen, Beba gleich dort zu besitzen, vielmehr, wenn sie ihnen gefällt, ihr, Katarina, Bescheid sagen, damit sie ein Treffen an passendem Ort arrangiert. All das deshalb, weil jetzt auch Miluška ein Recht auf Beba beansprucht, die ihr so unverhofft ins Haus geschneit ist, Katarina jedoch nicht gewillt ist, auf ihren Anteil als Kupplerin zu verzichten.

In Miluškas Hausmeisterwohnung im Souterrain, wo grüner Schimmel von den Wänden rieselt, hocken um den Küchenherd, auf dem das Essen schmort und ein riesiger Waschkessel brodelt, die drei Hausfrauen: Miluška rheumatische und halbtaube Mutter, Miluška selbst, schnurrbärtig wie ein Kaminfeger und mit dem bläulichen Teint der Alkoholikerin, und ihre magere, seit Monaten an Tuberkulose leidende jüngere Schwester. Sie alle haben ihren Dienst an der käuflichen Liebe geleistet, sind aber mit zunehmendem Alter tugendhaft geworden. Sie sitzen fast schweigend da und sehen Beba eifersüchtig an: in ihrer Behendigkeit und Frische erblickt jede einen Spiegel der einstigen eigenen Anziehungskraft und die Möglichkeit, deren Verlust wenigstens finanziell wettzumachen.

Beba ist zwanzig Jahre alt und rundlich; sie hat ein ovales, weißes Gesicht mit rosigen Wangen und das stille Lächeln einer Frau vom Lande. Die unweit gelegene Stadt Bečej und ihren Mann, einen Heizer, hat sie wegen eines bildhübschen Beamten aus dem Stadtkomitee verlassen und ist mit ihm nach Novi Sad geflohen. Sie sind im Hotel »Vojvodina« abgestiegen, aber nach einer Woche verschwand er und hinterließ ihr nur die Nachricht, er müsse nach Bečej zurück, da seine Mutter erkrankt sei. Beba konnte nicht zurück, sie blieb, weinend. Im Hotelrestaurant, wo sie mühsam das Geld für das erste einsame Frühstück zusammenklaubte, lernte sie Katarina kennen, der sie sich anvertraute und anheimgab. Die zwei Nächte mit den schamlosen fremden Männern, an die Katarina sie verkuppelt hatte, brannten sie wie ein Feuer, aus dem sie sich durch den Umzug in Miluškas schimmlige Küche befreite. Aber auch hier ist ihr alles zuwider: die Wohnung ist unsauber, die drei Frauen bewachen jeden ihrer Schritte, sie darf sich nicht in Ruhe waschen, an die frische Luft gehen – weil ihr angeblich ihr Mann auflauern könnte –; und so wartet sie auf die erste Gelegenheit, zu entwischen.

Bislang ist sie den häufig wechselnden Gästen dieses schon längst nicht mehr attraktiven Hauses ausgeliefert. Stolz und mißtrauisch zugleich öffnet ihnen Miluška die Tür, bietet ihnen Platz auf den Schemeln um den Herd an und macht sie mit Beba bekannt, die sie sinnloserweise als Schulfreundin ihrer Schwester vorstellt. Das sich anspinnende Gespräch ist dürftig – es umgeht ebendas, weshalb sie hier versammelt sind. Die Alte beklagt sich über Schmerzen in den Beinen, Miluška über die Teuerung, die jüngere Schwester des langen und breiten über die Chefs in der Fabrik, weil sie ihr keine leichtere Arbeit geben wollen. Erst wenn der Gast einen Tausender zückt und darum bittet, daß aus der Nachbarschaft Wein geholt wird, und wenn alle ein, zwei Glas getrunken haben, fällt die Starre von ihnen ab wie ein schwerer Mantel. Leidenschaftlich, gestikulierend, hochrot im Gesicht und mit schweren dicken Lippen zieht Miluška in Gegenwart des Gastes über Beba her, über jene Unruhe, die sie in ihr ahnt und als Hindernis für die Verwirklichung des eigenen Traums vom Wohlstand fürchtet. Jetzt ist Beba nicht mehr die Schulfreundin der Schwester – diese Lüge verfliegt im Gespräch zusammen mit dem Mißtrauen –, sie ist eine betrogene, sitzengelassene Frau, aber leider eine Frau, die sich nichts sagen läßt, als habe sie aus ihren Erfahrungen nicht genug gelernt. Die Erfahrung jedoch zeigt, daß die Welt heute verdorben ist und die Männer egoistisch sind; das Glück liegt nicht in Schwärmerei und Vergnügen, davon kann man nicht leben, denn das Leben ist teuer; Beba ißt, verbraucht Bettwäsche und Heizmaterial; das Glück ist vielmehr in der Sicherheit bei einem Mann, der etwas zu schätzen und zu belohnen weiß. Dabei starrt Miluška den Gast aus rotgeränderten Augen an, um zu prüfen, ob er begreift, und als sie glaubt, er habe begriffen, schickt sie Beba barsch nach nebenan unter dem Vorwand, sie solle die Familienfotos holen, und flüstert ihm hastig ins Ohr, er könne, wenn er nur wolle, die Zuneigung der jungen Frau gewinnen, falls er sich mit ihr, Miluška, einige, die sich um Beba kümmere und die Verantwortung für sie trage. Ausgeschlossen, mit Beba einfach so, für ein bißchen Geld ins Bett zu gehen, das wäre Verrat an ihrem unschuldigen Wesen. Der Mann, der sie haben wolle, müsse sich zu einem festen monatlichen Unterhalt verpflichten, damit auch Miluškas Kosten gedeckt würden. Beba sei hübsch und unverbraucht, der Gast möge sie nur richtig anschauen, sie sei es wert. Er möge darüber nachdenken.

Der Gast indes denkt nicht hierüber nach, sondern über Katarinas geschäftliches Angebot. Als Beba mit den Fotos zurückkommt, mustert er diese nur flüchtig und macht der jungen Frau Zeichen mit den Augen. Er bittet sie, ihn hinauszubegleiten, und Miluška ist zu berauscht vom Wein, um die List zu durchschauen und einzuschreiten. Die beiden durchqueren schweigend den dunklen Kellerflur, in dem die Holzstapel Modergeruch verbreiten; erst auf den Stufen zum Haustor wechseln sie gedämpft ein paar Sätze. Der Gast erwähnt Katarina; Beba senkt den Blick unter fast schmerzlich gerunzelten Brauen. Sie möchte nicht sofort versprechen, daß und wann sie sich davonstehlen kann, weil das von Miluškas Laune abhängt und weil sie selbst nicht sicher ist, ob sie klug handelt. Aber der Gast mahnt zur Eile: es könnte jemand das Haus betreten oder Miluška aus ihrer Wohnung kommen; er haucht sie mit heißem Atem an und verheißt doppelte Belohnung. Darauf wirft ihm Beba einen forschenden und sehnsüchtigen Blick zu – ihre Zusage – und reicht ihm die Hand: nur die feuchten Finger, so wie es Dorffrauen tun.

Langarmig und langbeinig, mit fiebrig glänzenden, schrägen grünen Augen, stürzt sich Envera in die Umarmung wie ein junger Krieger in die Schlacht. Bei der ersten Berührung des Mannes zuckt sie zusammen und breitet sich hin, den Kopf zurückgeworfen, den fleckigen, sehnigen Hals mit dem blauen Venengeflecht von der Grube zwischen den Schlüsselbeinen bis zum spitzen Kinn entblößt. Sie ist nicht schön, aber die Männer mögen sie; bei Paula, wo sie seit einem Jahr verkehrte, verlangten sie hartnäckig nach einem Wiedersehen mit ihr, als wüßten sie, daß sie bald und für längere Zeit verschwinden würde. Auf die Nachricht, sie sei nicht mehr da, reagierten sie dann ebenso entschlossen, sogar mit einer widerstrebenden Erleichterung, die sich auf die Ursache bezog: Enveras fortgeschrittene Schwangerschaft. So wurde ihnen nachträglich klar, woran sie sich in ihrer Unwissenheit begeistert hatten: an der ungewöhnlichen Fülle ihrer Hüften, den vortretenden blauen Venen auf Brüsten und Hals, ihrer Exaltation bei der Hingabe. Übrigens hatten sie bald das hämische Vergnügen, ihrer einstigen Favoritin in der Stadt zu begegnen, wo sie keuchend einen Kinderwagen aus zweiter Hand schob, der ebenso abgenutzt war wie sie selbst, und in ihrer Begleitung einem baumlangen Unteroffizier, in dem sie ihren Ehemann vermuteten.

Er war es tatsächlich, und so nahm Gestalt an, was Paula berichtet und der Klatsch der Mädchen ergänzt hatte: Enveras Gleichgültigkeit gegenüber dem Wachstum des Fetus, der schon an die Bauchdecke geklopft haben mußte, als die dicken Handelsreisenden sich darüber wälzten. Unrichtig war nur die zeitliche Verknüpfung zwischen der natürlichen Notwendigkeit und Enveras Verschwinden, das erst später und ohne Hast erfolgt wäre, hätte es nicht ein unvorhergesehenes Ereignis gegeben. Die Wahrheit wußte außer Envera und Paula nur noch ein Mädchen, das den Blicken der Gäste zusammen mit Envera entschwand, ohne jedoch Aufmerksamkeit zu erregen.

Dieses andere Mädchen war Kaja, eine junge, kräftige Brünette vom Land, die durch ihre Übersiedlung zu Schwester und Schwager (einem Elektriker) nach Novi Sad, wo sie Arbeit in einer Bürstenmachergenossenschaft aufnahm, in Enveras Nachbarschaft geraten war. Noch vor Envera erfuhr sie von Paulas Haus und fühlte sich dort heimisch wie eine Ente im Tümpel; die Kontakte mit Männern taten ihrem gesunden Körper wohl, sie begann unmäßig zu essen und wurde schnell dick, und ein unwiderstehliches Schlafbedürfnis überfiel sie häufig wie ein Kind im zerwühlten Bett von Paulas Zimmer, das der Liebhaber eben verlassen hatte. Bald vernachlässigte sie die Arbeit in der Genossenschaft, und da die neue Verdienstmöglichkeit ihre Kosten deckte, konnte sie die Schwester über den Wechsel der Täigkeit im unklaren lassen; dafür vertraute sie sich der Nachbarin

Envera an, weil sie fühlte, daß diese ihr zustimmen würde, was sich denn auch bestätigte.

Kaja ging morgens aus dem Haus, scheinbar zur Arbeit in der Genossenschaft; in Wirklichkeit wartete sie an der Ecke beim Brunnen auf Envera, um sie zum Einkauf auf den Markt zu begleiten, wonach sich beide mit den vollen Netzen zu Paula begaben, die unabhängige Kaja für den ganzen Vormittag oder den ganzen Tag, Envera für ein, zwei nervöse Stunden, die sie unbemerkt von ihren häuslichen Verpflichtungen abzweigen konnte. Auf dem Markt kam es auch zu der fatalen Bekanntschaft mit zwei Aufkäufern, die, in Mänteln und mit Aktentaschen, vor der Öffnungszeit der Agenturen auf ihrem Rundgang durch die Büfetts hierhergeraten waren. Sie kamen mit den Mädchen ins Gespräch, das bald offen wurde, und da Kaja von Herzen über ihre Angebote lachte, während Envera finster, doch ohne ein Widerwort zu Boden blickte, blieben sie den beiden Frauen auf den Fersen und betraten zusammen mit ihnen Paulas Mansarde.

Es kam auch sonst vor, daß die Mädchen einen fremden Gast zu Paula brachten; sie verließ sich so weit auf ihre Menschenkenntnis, um einen Neuen ohne vorherige Befragung zu empfangen und aufgrund ihres Eindrucks seine Vertrauenswürdigkeit einzuschätzen. Mit diesen ungebetenen Gästen indes geriet sie schon nach den ersten Worten in der Küche aneinander: die Aufkäufer verlangten, gemeinsam, zu viert, ins Zimmer gelassen zu werden, wovon Paula nichts hören wollte, denn sie war auf einen solchen Wunsch nicht vorbereitet und fürchtete, ihr einziges Bett könnte darunter leiden. Die vom Trinken und dem so nahen Ziel ihres Begehrens erhitzten Gäste beteuerten vergeblich, sie forderten nichts Ungewöhnliches, sondern wollten nur zusammenbleiben, und dem Bett könne nichts geschehen, weil sie sich abwechseln würden – gerade ihre Beharrlichkeit und vielleicht mehr noch die unausgesprochene Zustimmung der kichernden Kaja und der mürrisch schweigenden Envera forderten Paulas Trotz heraus. Sie sagte unwiderruflich nein und zieh die Aufkäufer der Geschmacklosigkeit, worauf sich der Jüngere wortlos umdrehte und wegging.

Die Auseinandersetzung wurde jetzt zweistimmig fortgeführt, was der beredten Paula die Sache erleichterte: sie ging zur Offensive der Rührseligkeit über, erläuterte dem Gast ihre schwierige materielle Lage, die sie zwinge, hin und wieder etwas Gesetzwidriges zu tun, aber ihr Gefühl für Ehre und Anstand nicht erschüttern könne; es sah bereits nach einer gütlichen Einigung aus, als der jüngere Aufkäufer atemlos die Treppe herauf und in die Küche gestürmt kam, gefolgt von einem Milizionär, den er in seinem Rachedurst von der Straße geholt hatte, um das ihm feindlich gesonnene Nest der Unmoral auszuräumen.

Paula warf sich dem Milizionär schreiend an

die Brust und wies unter Tränen die noch nicht ausgesprochene Beschuldigung zurück, was den Gesetzeshüter, einen rund- und rotwangigen Burschen, nicht hinderte, die Ausweise der drei Frauen zu verlangen und, nachdem er sich geduldig aus Paulas Umarmung gelöst hatte, ihre Personalien in sein abgegriffenes Notizbuch zu schreiben. Darauf ging er, höflich salutierend, und nach ihm flüchteten nun schon reuevoll die beiden Aufkäufer.

Paula machte ihrer Verzweiflung Luft: sie beschimpfte die Mädchen und jagte sie hinaus. Letzteres nicht für lange, denn schon am selben Abend lauerte sie ihnen vor ihren Wohnungen auf, nahm sie zu sich mit und vereinbarte mit ihnen in einem langen Gespräch voller Klagen und Rechtfertigungen eine gemeinsame Verteidigungsstrategie: alle drei sollten, falls offiziell zur Verantwortung gezogen, aussagen, daß Envera und Kaja als Freundinnen zu ihrer Freundin Paula unterwegs gewesen und von den betrunkenen Aufkäufern bis in die Wohnung verfolgt worden seien, zu deren Verlassen man sie vergebens aufgefordert habe, bis der rettende Arm des Gesetzes erschien.

Und das war nützlich, denn als eine gute Woche später Paula, Kaja und Envera zum selben Tag, aber zu verschiedenen Stunden vor Gericht geladen wurden, machten sie bis ins letzte Detail identische Aussagen, und dem nicht mehr jungen, müden, entnervten Richter war es recht, daß er sich mangels Beweisen und in Abwesenheit eines

Klägers mit ein paar strengen Worten weitere Auseinandersetzungen ersparen konnte. Die unangenehme Sache fand also ein mehr oder weniger glückliches Ende. Aber sie hatte zu viele Ängste verursacht und zu viele Verletzungen hinterlassen, als daß sie folgenlos hätte bleiben können: nachdem die drei Frauen in dem kleinen Park vor dem Gebäude der Abteilung Inneres aufeinander gewartet und den Ablauf der Vernehmungen durchgesprochen hatten, gingen sie angewidert auseinander. Paula schwor sich, keine der beiden mehr über ihre Schwelle zu lassen; Kaja, die sich die Gefahren der neuen Arbeit bewußtgemacht und längst jede Lust auf die alte verloren hatte, kehrte zu ihrer Mutter aufs Dorf zurück; Envera verzog sich reuig in ihre Pflichten als Schwangere und künftige Mutter.

Aber seitdem ist ein ganzes, für Envera ziemlich schlechtes Jahr vergangen: bei der Entbindung hat man sie schneiden müssen, vom Stillen hat sie eine Brustentzündung bekommen, und noch heute, da das Kind sieben Monate alt ist, frißt ein leichtes, aber beständiges Fieber an ihr. Sie ist abgemagert, erschöpft, mittellos, und auf dem Rückweg vom Markt schaut sie wieder bei Paula vorbei, und Paula, die Böses schnell vergißt, empfängt die einstige Hausfreundin ohne Furcht wie alle anderen.

Auch jetzt gehen übrigens die Gäste gern mit Envera ins Bett, sie ist noch immer anziehend, wenn auch auf eine neue, aber ihr eigene, aggressive

Weise. Sie ist ernster geworden, ihre unberechenbare Begierde hat den Elan der künftigen Mutterschaft verloren; ihr Feuer ist gedrosselt, verbirgt sich in dem Fieber, das sie von innen verbrennt. In Paulas Küche steht sie ungeduldig, an die Wand gelehnt; umgeben vom müßigen Geschwätz der lässig am Tisch sitzenden Gäste und Mädchen, zieht sie gierig an der Zigarette und sprüht zornige Blicke aus den schrägen, glänzenden Augen. Zu Hause weint das sicher schon hungrige Kind, und die Zutaten für das Mittagessen liegen frisch im offenen Netz neben ihren mageren, kalten Beinen. Wenn einer der Gäste, verlockt von der rätselhaften Unruhe in ihrem Verhalten, Envera ins Zimmer bittet, löst sie sich mit einem Ruck von der Wand und folgt ihm hastig, wie ein Verurteilter, der das Warten nicht mehr ertragen kann.

Wenn in Paulas Haus das Chaos herrscht, so ist das von Tante Ruža ein Hort der Ordnung. Einer altertümlichen Ordnung mit festumrissenem franzjosephinischem Gepräge, das in Novi Sad alles Zivile auszeichnet, natürlich mit augenzwinkerndem Zugeständnis an den kleinstädtischen Geschmack.

Diese Ordnung gründet auf einem beiderseits nützlichen Abkommen mit dem dickbäuchigen Gendarmeriefeldwebel und schöpft, obwohl es keine Gendarmerie mehr gibt und kein Abkommen, weil die Behörden das Geschäft mit Zärtlichkeiten unzweideutig verbieten, noch immer aus der Vergangenheit die Kraft zum Überleben.

Wer Tante Ruža zu ihren vormittäglichen Sprechstunden aufsucht, kann und muß in diese anmutige Ordnung eintauchen. Er geht an der Kavalleriekaserne mit ihrer gelbgetünchten, einstöckigen Fassade vorbei, hinter deren vergitterten Fenstern geschorene Soldatenköpfe lauern und vor deren eisernem Tor ein Posten geschäftig auf und ab marschiert; er biegt ein in die stille, lange Smiljanić-Straße mit ihren halb dörflichen, ebenerdigen Häusern im Schatten der Kastanien, mit dem zwischen runden türkischen Pflastersteinen sprießenden Gras, dem die Räder der wenigen Molkerei- und Müllwagen nichts anhaben können. Er taucht zehnmal in den Schatten der dichtbelaubten Kronen, und wenn er zum letztenmal ins Licht tritt, stößt er ein massives, morsches Holztor auf, das sich mit dumpfem Paukenschlag hinter ihm schließt. Er bleibt im Halbdunkel eines gewölbten Flurs stehen und sucht blinzelnd nach der einzigen, nämlich Tante Ružas Tür, in der, schon alarmiert durch das Knarren des Tors und die Schritte, eine hochgewachsene Hexe erscheint, mit der unvermeidlichen Hakennase, zahnlosem Mund und mißtrauischen, scharfen Augen unter dichten Brauen.

Wenn sie allein ist, bittet Tante Ruža den Gast mit gebogenem, knochigem Zeigefinger in die kleine, nur durch den Türspalt erleuchtete, also dunkle Küche, wo auf dem Herd ein würzig duftendes, gutes Essen kocht; wenn er für diesen Tag ein Mädchen bestellt hat, wird er aus der Küche sogleich in das mit Teppichen, Vorhängen und Stickereien aus Tante Ružas Mädchenjahren geschmückte Zimmer geführt, wo der Gegenstand seines Begehrens schon demütig auf der Ottomane am Fußende der sorgfältig gemachten Ehebetten sitzt. Hier ist nun das Reich der Liebe: hier zwischen den alten, aber gepflegten Gegenständen einer Kleinbürgerin, hier, wo vom Nachmittag bis zum nächsten Morgen der Ehemann residieren wird, ein sauberer, schöner Greis, Gemeindeschreiber und heimlicher Trinker, für den Tante Ruža kocht, wäscht und bügelt und mit dem sie am Nachmittag, in einen schwarzen Mantel mit billigem Pelz und enge, hochhackige Schuhe gezwängt, Arm in Arm zum Kino oder Korso schreiten wird.

Aber der Vormittag ist die Zeit ihres zweiten

Lebens, auf das sie sich eingelassen hat, um das erste zu erhalten – weil der Mann sein Gehalt seit langem gänzlich vertrinkt –, das ihr aber während eines Jahrzehnts in Fleisch und Blut übergegangen ist wie ihm das Bedürfnis nach Alkohol. In diesem zweiten Leben verneigt sie sich, lächelt, macht Männer mit Frauen bekannt, tritt lautlos ans Fenster, um die Gardine zu schließen, breitet ein Laken über die Ottomane und wirft eine Decke darüber, und als sie im Gesicht des Mannes das Blitzen von Zufriedenheit und Ungeduld erblickt, kehrt sie an ihre Kochtöpfe zurück. Sobald das Paar signalisiert, daß das Rendezvous beendet ist, bringt sie ihm eine Schüssel mit Wasser und ein Handtuch, und beim Öffnen der Tür steht sie daneben, empfängt das Trinkgeld, bedankt sich und kontrolliert im Torgang, ob jemand kommt, bis zuerst der Gast und nach ihm das Mädchen verschwunden sind.

Zwischen zwei Begegnungen läuft sie manchmal, während das Essen auf kleiner Flamme köchelt, in die Nachbarschaft zu einer jungen Frau, die sich über ihren verschwenderischen Mann beklagt hat, zu einer sitzengelassenen Frau oder einem Mädchen, von deren Mittellosigkeit sie gehört hat. In aller Eile und scheinheilig hört sie ihnen zu, bedauert sie, tröstet sie mit der Aussicht auf leichten Verdienst und lädt sie schließlich zum Treffen mit einem Gast ein, dem sie sie vorab geschildert und versprochen hat.

Mit Beba ist es Miluška ergangen wie einem Fischer, dem ein zu großer Fisch ins zerrissene Netz gegangen ist. Sie kann sie nicht halten. Beba ist zu dem Techniker Mijušković gezogen, der geschickter und wohlhabender war als Miluška und von der gierigen Katarina unterstützt wurde.

Beba hat ihm schon beim erstenmal gefallen, als er der zweite in der Reihe ihrer zahlenden Liebhaber wurde: statt sich geschäftsmäßig hinzugeben, wie er es von anderen Mädchen gewohnt war, hatte sie verwirrt seinen fetten Arm gestreichelt und ihn gebeten, sie nicht ganz auszuziehen. Aber die Leidenschaft entflammte in ihm erst, als er Katarina aufforderte, ihm das Mädchen wieder zu schicken, und erfuhr, daß die verschüchterte Novizin eine Unterkunft und dort vielleicht schon einen anderen gefunden hatte.

Er eilte zu Miluška, die er gut kannte, aber schon lange nicht mehr besuchte; saß keuchend und verschwitzt in der schimmligen Küche; sagte, er habe Beba liebgewonnen und schickte nach Wein; er ließ die Belehrungen über die Pflichten eines Liebhabers über sich ergehen und widerstand der Versuchung, Miluška als Vermittlerin und Gastgeberin für die Fortsetzung der Liaison zu engagieren. Jetzt, da er die Heißbegehrte aufgespürt hatte, wollte er sie ausschließlich für sich haben, in der Sicherheit, daß sie ihn nicht betrog. Sie sollte fort aus diesem Kreis suspekter Frauen, aus der feuchten, verräucherten Kellerwohnung, aus dem Gestank nach Armut und lüsternem Interesse, weil ihm das auf einmal unzuträglich für ihre Gesundheit und Unschuld erschien. Er gab vor, nachdenken zu wollen, und als Beba ihn allein zur Tür brachte, teilte er ihr halblaut seine wahren Absichten mit, nannte die monatliche Unterhaltssumme, ein ganzes kleines Gehalt, forderte, sie solle vierundzwanzig Stunden ehrbar auf ihn warten und dann ohne Zögern seinem Ruf folgen. Dann rannte er wieder zu Katarina, drückte ihr Geld in die Hand, sie erinnerte sich an eine vertrauenswürdige Alte, die in der Nähe des Bahnhofs ein Zimmer vermietete, und als Mijušković insistierte, brachte sie ihn gleich hin, damit er eine Anzahlung leistete. Tags darauf erschien sie mit honigsüßem Lächeln bei Miluška, bat Beba, sie zum Einkaufen zu begleiten, befahl ihr aber heimlich, während des Umkleidens im Zimmer ihre Sachen zu packen und das Köfferchen aus dem Fenster zu schieben. Dort nahmen sie es auf und schlichen sich für immer aus dem Haus, wie Diebinnen.

Natürlich ist Miluška verzweifelt und beleidigt. In ihrem Schock wegen des großen Verlustes sieht sie plötzlich die Not, in die sie mit dem Altern unmerklich geraten ist. Noch gestern hatte sie sich für attraktiv gehalten: sie und ihre Schwester empfingen an Markttagen den Besuch von Männern aus der Umgebung, die an die beiden Frauen gewöhnt waren, und das Zimmer jenseits der Küche, wo sie regelmäßig Staub wischte und lüftete, damit man die Feuchtigkeit weniger spürte, nahm von Zeit zu Zeit auch ein Paar auf, das keine Bleibe besaß. Im Ansturm auf Beba jedoch, in ihrem Stolz auf die Rolle der Beschützerin und in ihrer Angst um die Chancen, die aus dieser Rolle erwuchsen, hatte sie die Gewohnheitsgäste allmählich abgewiesen. Und diese fanden sich nur allzuleicht ab. Sie blieben weg, so daß auch jetzt, wo Beba nicht mehr da ist, fast nur noch *deren* Verehrer zu Miluška kommen – jene, die noch nicht wissen, daß sie fortgegangen war, oder sich in ihrer Betrübnis über diese Tatsache durch die Erinnerung noch mehr quälen wollen.

In ihnen besitzt Miluška eine ständige Ermahnung an den Verlust, aber auch ungewollte Tröster. Während sie mitleidig nicken, schildert sie ihnen die ganze Ungerechtigkeit von Bebas Tat: Ist sie, Miluška, ihr nicht wie eine gute ältere Schwester gewesen, die sie vor der Straße bewahrt und für einen ihrer Jugend würdigen Mann gehütet hat (natürlich immer denjenigen, der gerade zuhört)? Hat sie nicht Tausende Dinar ausgegeben, für Heizung und Kost und Logis? Und so wird es ihr gedankt! Ohne ein Wort der Erklärung oder Entschuldigung, von Anerkennung ganz zu schweigen, ohne Bitte um Erlaubnis oder wenigstens einen Rat sich unter einem verlogenen Vorwand hinauszustehlen, angestiftet von einer unbehausten Kupplerin wie Katarina!

Aber Gott wird es nicht zulassen, beteuert Miluška mit verkniffenem schnurrbärtigem Mund. Sie kennt viele solche; nach ein paar Tagen, wenn sie ihren Irrtum eingesehen haben, kommen sie reumütig zurück, bitten um Verzeihung, bitten wieder um die Möglichkeit, wenigstens ein bißchen Geld zu verdienen, für Essen und Kleidung. Auch auf Beba wird sie nicht lange warten müssen, behauptet sie.

Erwärmt durch Miluškas Hoffnung, die sie gern selber teilen würden, lassen die Gäste Wein aus der Nachbarschaft holen. Sie trinken mit den Schwestern, hören ihre Flüche und Beschwörungen, wiederholen sie in drohendem Ton, bis die Flasche leer ist. Aber die Flamme, die sie aus ihr gesogen haben, entzündet sich nicht hier an den Frauen, die dageblieben und nicht untreu geworden sind, vielmehr weckt sie in ihnen die Sehnsucht nach der Abtrünnigen. Nach der neuen, aufgefrischten Erinnerung an sie wird ihnen übel bei der Vorstellung, ihre vom Wein geschwollenen Lippen auf Miluškas schnurrbärtigen Mund zu legen oder ihre magere, gelbe, schwindsüchtige Schwester zu umarmen. Sie verabschieden sich schnell und gehen, fliehen fast wie Diebe, fast wie neulich Beba und ihre Anstifterin Katarina.

Paula ist zwanzig Jahre jünger als Tante Ruža und gehört zur leichtsinnigen Kriegsgeneration. Sie hat selbst mit dem Krieg zu tun: wenn das Gespräch auf ihr Leben und Schicksal kommt – was unvermeidlich nach fünf Minuten geschieht –, hebt sie den Rock oder streift den Hosenbund herab und zeigt eine tiefe, von einem faschistischen Geschoß herrührende Narbe im fetten Fleisch des linken Oberschenkels; dann zieht sie aus einer Schublade der Küchenkredenz das Attest über den Prozentsatz ihrer Invalidität, über ihre Pension aufgrund der Verwundung und über die monatliche Sozialhilfe. Obwohl man mit Recht argwöhnen kann, daß sie sich die Verletzungen eher in unkriegerischen Auseinandersetzungen zugezogen und ein Verdienst daraus gemacht hat, weil das Regime geneigt ist, sich seiner Opfer zu rühmen, ist ihr echtes oder falsches Opfer die stolze Grundlage für die Unbekümmertheit, mit der Paula ihre verbotenen Geschäfte betreibt.

Das Haus, in dem sie das tut, ist dreistöckig und steht mitten im Zentrum, in einer der verkehrsreichsten Straßen der Stadt; Paulas Mansardenwohnung besteht aus einer Küche links und einem Zimmer rechts von dem Podest mit der Stahltür zu dem allen Mietern gemeinsamen Dachboden. Die Mädchen und Gäste, die zu ihr kommen, müssen also eine chaotische, in die Höhe gestreckte Siedlung mit vielen Familien durchqueren, deren von Kinderscharen begleitete Mütter häufig die Treppen bis hinauf zum Boden bevölkern. Dabei sehen sie den verdächtigen männlich-weiblichen Verkehrsfluß Richtung Mansarde, hören von dort vielstimmige Gespräche, Gelächter, betrunkenen Gesang, Fetzen von Verabredungen, Schlüsselknarren, eilig schlurfende Schritte, Scheppern von Waschschüsseln, und das entsetzt sie, so daß sie ihren Männern, ehrsamen Angestellten, von denen einige auch einflußreich sind, zum Mittagessen ihre Besorgnis um das moralische Wohlergehen des Söhnchens oder Töchterchens servieren. Bisweilen veranlassen die Klagen einen gereizten Vater, seinen Freund bei der Abteilung Inneres anzurufen; dann erscheinen bei Paula Milizionäre und kontrollieren Ausweise; sie bekommt eine Vorladung zum Richter, wo sie erbittert leugnet, sich an die Brust schlägt, um ihre Ehrbarkeit zu beteuern, behauptet, von Neidern verleumdet worden zu sein, sich auf ihre fortschrittliche Einstellung beruft und notfalls auch schamlos die Narbe in all ihrer Offensichtlichkeit vorweist.

Sie begreift diese Zusammenstöße als unvermeidliches Unrecht und erträgt sie lieber, als daß sie sich entschließen könnte, die in ihren Räumen überschäumende Sinnenlust ein wenig zu dämpfen. Dazu fehlt ihr die Tatkraft: an ihrer Tatkraft zehrt eine Krankheit, nicht jene erfundene im Zusammenhang mit der Narbe, sondern eine echte, die sich in schwerem Kopfschmerz und Schwäche äußert – und ihr eigenes Liebesleben. Sie hat nämlich immer einen Liebsten, und zwar in der Regel einen verheirateten Mann oder einen Reisenden oder einen Herumtreiber, einen also, der nur hin und wieder vorbeischaut und ihrer empfindsamen Natur reichlich Gelegenheit läßt, sich zu quälen und dahinzuschmelzen. Der jetzige Galan, ein junger Bursche, leistet seit kurzem seinen Militärdienst in einer entlegenen Stadt, und der Kontakt mit ihm ist auf Pakete und Briefe beschränkt. Paulas schwacher, von Leidenschaften und Krankheit untergrabener Verfassung tut das beinahe wohl: sie kann über weiten Gefilden dahinschweben, den Sinn unklarer Botschaften enträtseln, vom baldigen Wiedersehen träumen.

Sie sitzt blaß und trotz Kopfweh selig auf einem Küchenschemel an der Wand, leicht vorgebeugt, die plumpen Beine in eine Männerhose gezwängt, die schlaffen Brüste von einem schlottrigen Pullover und den Kopf von einem Tuch verhüllt, und hält sich ein Blatt kariertes, mit Tintenstift beschriebenes Papier vor die kurzsichtigen Augen. Sie liest laut den Brief, den ihr der Postbote eben gebracht hat. Die Gäste ringsum – zwei Musiker aus dem »Central« und drei Mädchen, die Brillenschlange, Roksa und eine kleine Neue, die Zigeunerin genannt – rauchen und schwatzen, schüren das Feuer im Herd, auf dem ein bosnisches Eintopfgericht schmort, und kümmern sich nicht um die gerührt buchstabierende Hausfrau.

Der Liebste hat das Paket erhalten, das Roksa vor zehn Tagen aufgegeben hat; er bedankt sich, lobt ausführlich den Wohlgeschmack von Schinken und Schnaps und Strudel, schwört Treue. Sobald ihr der Sinn eines Satzes klar wird, hebt Paula die Stimme und fordert die Anwesenden auf, ihn noch einmal zu hören; für einen Moment verstummt das Stimmengewirr, und Gäste und Mädchen nehmen belustigt und augenzwinkernd die fadenscheinigen Schmeicheleien zur Kenntnis. Dann ergeben sie sich wieder dem unverbindlichen Geplauder, den Neckereien und Scherzen in dieser geräumigen, gastfreundlichen Küche mit ihrem Geruch nach deftigem Essen, nach körperlicher Begierde, nach Geld, nach Leidenschaft, die leicht und ohne Verantwortung zu wecken und zu stillen ist – nach dem, was dieses Paradies des flüchtigen Selbstvergessens so anziehend macht.

Wird sich ein Paar einig, streckt Paula ein Bein vor, um den Zimmerschlüssel aus der Hosentasche hervorzugraben; wenn die Liebenden zurückkommen, wird der Schlüssel unter derselben Bewegung zusammen mit dem Trinkgeld wieder in der Tasche verstaut. Dabei ruht ihr zärtlicher Blick unverwandt auf dem Brief; er ist heute Paulas ganze Wirklichkeit, er verschlingt ihre ganze Aufmerksamkeit und schiebt sanft die rauhen Zusammenstöße mit der Gesellschaft beiseite, die eine stärkere Natur schon längst zerbrochen hätten.

Devićs Frau war mit Sohn und Tochter übers Wochenende zu Verwandten gefahren, also beschloß er, die leere Wohnung zu nutzen. Nur schien es ihm nicht verlockend, eine Frau zu sich einzuladen, mit der er bereits zusammengewesen war und mit der er sich auch andernorts treffen konnte. Am Samstag nach der Arbeit machte er Halt vor der Kavalleriekaserne, wo Katarina regelmäßig mit ihren Kochgeschirren vorüberkam. Er paßte sie ab, vertraute sich ihr an und erhielt die Zusage, daß er am Abend ein neues Mädchen haben werde.

Er wartete also um sechs, wie verabredet, in dem kleinen Park mit dem Brunnen hinter der Kaserne. Katarina und das Mädchen kamen nicht. Er spazierte unermüdlich durch den ziemlich kalten Märzabend, während sich die Dunkelheit auf Sträucher und Bäume senkte. Dann ruhte er sich auf verschiedenen Bänken aus. Dann näherte er sich den Parkeingängen, obwohl sie gut beleuchtet und von jedem Punkt einsehbar waren. Er redete sich ein, Katarina habe das Mädchen allein hergeschickt, und er müsse es an seinem Verhalten erkennen; so lief er jeder Frauengestalt nach, die auf einem der Parkwege erschien, und starrte ihr ins Gesicht. Als schließlich die Turmuhr drei Viertel nach sechs schlug, beschloß er zu gehen, aber nicht nach Hause, dazu war er zu unruhig, sondern ins Café »Vojvodina«, wo sich Katarina gern aufhielt, wenn sie Geld hatte.

Mit zwei Glas Vinjak wärmte er sich ein wenig die Knochen, aber Katarina war nicht zu sehen. Er machte sich wieder auf die Suche.

Zuerst kehrte er in den Park zurück und ging die verlassenen Wege ab, dann begab er sich zu Katarinas Wohnung, obwohl sie ihres Mannes wegen niemanden bei sich empfing. Das Fenster zur Straße war dunkel; dennoch klopfte Dević, ohne Rücksicht darauf, daß er den kranken alten Mann stören könnte. Als niemand auf sein Klopfen reagierte, entfernte er sich. Da ihm einfiel, daß Katarina neuerdings bei Paula verkehrte, begab er sich dorthin, umrundete den Häuserblock, stellte fest, daß beide Mansardenfenster beleuchtet waren, bog in die belebte Zmaj-Straße ein und schlüpfte ins Haustor.

Er betrat dieses Haus ungern, weil er fürchtete, von jemandem aus der bunten Schar der Mieter und Besucher erkannt zu werden; unbemerkt bis zum letzten Treppenabsatz gelangt, klopfte er an die Küchentür, folgte aber nicht der Aufforderung zum Eintreten, sondern rief Paula beim Namen. Sie steckte den Kopf durch den Türspalt, folgte widerwillig seinem stummen Wink, herauszukommen, und erklärte auf seine Frage, Katarina sei nicht bei ihr. Dević wandte sich zum Gehen: es war das klägliche Ende eines erregt begonnenen Abenteuers.

Doch da sah er im hellen Treppenhaus, daß ihm irgendwo zwischen dem zweiten und dritten Stock Katarina entgegenkam. Er blieb erwartungsvoll stehen, aber sie runzelte bei seinem Anblick abweisend die Brauen und wies im Hinaufsteigen mit dem Daumen hinter sich. Sie gingen wie Fremde aneinander vorüber, und gerade als Dević das Haustor erreichte, begegnete er dort einem hochgewachsenen alten Mann in weitem, dunklem Mantel und einer starren Haltung gespielter, leicht durchschaubarer Nachlässigkeit.

Es war nicht schwer zu erraten, daß Katarina ihn wegen der Verabredung mit dem Alten versetzt hatte, die ihr mehr Geld bringen sollte, und daß aus demselben Grund auch Paula eben so wortkarg gewesen war. Das schmerzte Dević, und es beruhigte ihn zugleich: entscheidend war also Geld, ein Mittel, dessen auch er sich zu bedienen verstand. Er trat auf die Straße, blieb in der Nähe des Hauses und tat, als betrachte er die Auslagen, bis er den Alten im weiten Mantel und etwas nach ihm Katarina aus dem hellen Hausflur kommen sah. Er näherte sich ihr – zum erstenmal an so belebtem Ort – und machte ihr mit beherrschten Gesichtszügen, um seine Erregung nicht zu verraten, die gebotenen Vorhaltungen. Natürlich wußte sich Katarina zu rechtfertigen: sie hatte das Mädchen, das ihm zugedacht war, nicht angetroffen. Als er fast stöhnend vor Erbitterung ein Trinkgeld in doppelter Höhe versprach, sah sie ihn ernst an und dachte nach. Sie sagte, daß Envera, das Mädchen, das bei Paula verkehrte, den Besuch ihrer jüngeren Schwester aus

Bosnien bekommen habe, und daß Paula, die bei Envera ein und aus ging, ihm diese Schwester vermitteln könne. Und sie streckte die Hand nach dem bereitgehaltenen Geldschein aus.

So mußte er weiter warten, bis Paula, von Katarina instruiert, herunterkam, denn er selbst hatte nicht mehr den Mut, zur Mansarde hinaufzusteigen. Wieder spazierte er auf und ab, nur jetzt in der dunklen Nebenstraße hinter dem Gebäude, und starrte aus Angst vor neuerlicher Täuschung unverwandt zu den erleuchteten Fenstern im dritten Stock hinauf. Aber Paula kam, ohne daß oben das Licht erloschen wäre; sie zitterte unter dem Mantel, den sie aus Faulheit nur über die Schultern geworfen hatte, sie jammerte, weil sie nachts das Haus verlassen, zu ungelegener Zeit bei dem Unteroffizier eindringen, die Schwägerin unter einem Vorwand herauslocken mußte – was Dević gebefreudig stimmen sollte, und er wußte es. Aber er machte sich darum keine Gedanken: er versuchte sich an Envera zu erinnern, mit der er zwei-, dreimal zusammengewesen war, um sich ein Bild von ihrer jüngeren Schwester zu machen. War sie voller oder noch magerer als Envera? Kleiner, größer? Die Fragen beunruhigten ihn zu sehr, als daß er sie laut auszusprechen und damit Paulas Gezeter zu unterbrechen wagte; er hastete einen halben Schritt vor ihr her und spähte mit brennendem Blick ins Dunkel.

Bei einem Brunnen an der Ecke vor einem

unförmigen ebenerdigen Haus machten sie halt. Paula bat Dević leise, sich etwas zu gedulden, und verschwand in dem unbeleuchteten Haustor. Er trat zurück in den Schatten der Häuser und wartete weiter. Hin und wieder kam eine Frau zum Brunnen, beugte sich wie auf einer Bühne über die Pumpe und weckte das Begehren in Dević. Aus dem Dunkel näherte sich eine zweite, die erste richtete sich auf, sie sprachen miteinander, ihre leisen Stimmen ließen ein Geheimnis ahnen. Er hätte jetzt jede genommen, es war nicht mehr wichtig, wie das ihm versprochene Mädchen sein würde, denn schon ihr Frausein garantierte ihm, daß er in den Strom des Liebeserlebens eintauchen konnte, der das Abenddunkel um ihn erfüllte.

Da trat das Mädchen hinter Paula aus dem Schlund des Haustors. Sie war jung, klein und zart, soviel konnte er im Schein der Straßenlaterne erkennen; sie trug keine Kopfbedeckung und hatte nur einen grünen Pullover über ihr Kleid gezogen. Er ging schnell näher, drückte Paula Geld in die Hand und forderte die Unbekannte heiser auf, ihm zu folgen.

Sie schlugen den Weg zu seiner Wohnung ein, mitten auf der Fahrbahn, nebeneinander, ohne sich zu berühren. Das Mädchen schwieg, wie auch er, und in diesem Schweigen, dieser Abwesenheit von Neugier, Mißtrauen und Angst spürte Dević die Fügsamkeit des jungen Wesens, das ihm nun schon unwiderruflich gehören würde. Es war einer jener

Augenblicke äußerster emotionaler Klarheit, die Dević zur Suche nach immer neuen Kontakten trieben und deren Wahrhaftigkeit und Kraft er durch den Gedanken an den eigenen Tod zu überprüfen pflegte. Während er zitternd an der Seite der Fremden nach Hause ging, versuchte er sich auch diesmal die Szene zu vergegenwärtigen: er, ausgestreckt, zu schwach zum Aufstehen, dazu verurteilt, seinen körperlichen Schmerzen zu erliegen. Aber das Bild der eigenen Agonie erschien auch diesmal unwirklich, undenkbar: er spürte nur das Mädchen neben sich, ihren Atem, ihren leichten Schritt, musterte verstohlen das schmale, junge Profil im Licht der Straßenlaternen und dachte immerfort: Das ist die Erlösung. Das entschädigt für alles.

Er führte sie behutsam ins Haus, in den gepflegten Hof, in die saubere, mit Gegenständen gefüllte Wohnung, die nach frischer Luft und Wohlstand duftete, und als er Licht machte, fühlte er zum erstenmal seit vielen Jahren Stolz auf seinen Besitz. Er schloß die Tür ab, kontrollierte, ob die Vorhänge fest zugezogen waren, und wandte sich dem Mädchen zu. Sie stand wartend mitten im Zimmer, die Hände vor dem mageren Bauch gefaltet, wo das Kleid ein wenig spannte.

Sie hatte einen schlanken, festen Mädchenkörper, einen dünnen, langen Hals, einen etwas zu großen Kopf, wie ein Kind, mit runder Stirn, unter der schräge Augen leuchteten – die Augen ihrer

Schwester Envera, nur groß und sanft, mit aufmerksamem Blick. Ihre Haltung war natürlich und gefaßt: sie betrachtete eingehend die schönen Dinge, die sie umgaben, stellte aber keine Fragen; sie zog sich auf seinen Wink umständlich und ohne Scheu aus und kroch vorsichtig unter die Steppdecke auf der Couch; aber als Dević sich zu ihr legte, bat sie ihn, das Licht zu löschen.

Es war die Befangenheit der Jugend, und Dević tat ihr den Gefallen fast gerührt; er bereute es nicht, denn in der Dunkelheit, die beide plötzlich verschlang, erwiderte das Mädchen seine Küsse und Umarmungen mit dem fürsorglichen Eifer, ihn in allem zufriedenzustellen. In einem Moment, als ihr seine Leidenschaft nachzulassen schien, hielt sie sogar in halber Bewegung inne und fragte mit tiefer, ängstlicher Stimme: »Sind Sie müde?«, was ihm so viel neue Kraft und Begierde verlieh, daß sie unter seinem Zugriff stöhnend flüsterte: »Wenn ich doch so einen Mann hätte!« Aber das war alles. Als er seiner Lust Genüge getan hatte und die Lampe einschaltete, stand sie auf und zog sich leise an. Sie fragte, wie spät es sei, und erklärte, sie müsse sich beeilen, weil die Schwester sonst Ärger mit ihrem Mann bekäme. Es war bereits halb elf.

Die Banknote, die Dević ihr reichte, behielt sie zusammengefaltet in der Hand. Sie ließ sich auf die Wange küssen und hörte sich seine Anweisungen an, wie sie das Haus unbemerkt verlassen könne.

Mehr sprachen sie nicht miteinander. Dević hatte zwar vorgehabt, sich mit ihr zu verabreden, aber er zögerte. Er war nicht sicher, daß sich diese einzigartige Harmonie zwischen seinem Begehren und ihrer Willfährigkeit wiederholen würde, die vielleicht den besonderen Umständen dieser Begegnung und seiner durch das Warten bis zum Schmerz gesteigerten Begierde geschuldet war.

Als sie ihn verlassen hatte, zog er den einen Fenstervorhang zurück und blickte ihr nach. Sie ging mitten auf der Straße, allein, leichtfüßig. Dann wandte er sich zum Zimmer mit dem zerwühlten Bettzeug und den beiseite geschobenen Stühlen um. Er genoß diese Spuren ihrer Anwesenheit, als ob sie eine neue Umarmung verhießen.

Seit Bebas Flucht mit Mijušković ist Miluškas Haus verwaist. Niemand kommt mehr zu ihr, seit kurzem nicht einmal jene, die bereit waren, mit ihr Wein zu trinken und gemeinsam den Verlust zu bejammern. Sie wollen sie vergessen und andere Häuser aufsuchen, wo es noch anziehende und zugängliche Frauen gibt, aber sie nimmt das nicht ohne weiteres hin. Trifft sie jemanden aus ihrem früheren Kreis auf der Straße oder beim Einkauf, bittet sie ihn beiseite und teilt unter vorsichtigen Blicken flüsternd mit, sie habe einen Ersatz für Beba, und zwar sage und schreibe »eine Italienerin«.

Die Italienerin kann, falls nötig, sofort herbeigerufen werden, denn sie wohnt im Nachbarhaus und ist allein, frei und willig, jedem Interessierten Gesellschaft zu leisten. Das bestätigt sich, sobald sie wirklich eintrifft, die starken Beine in fleischfarbenen, seidenen Kniestrümpfen, um die Schultern eine rosa Pelerine aus einem amerikanischen Paket; dick und stramm, sieht sie in dieser Verkleidung aus wie ein Ringer mit Kinderkopf oder wie ein rasiertes und weißgeschminktes Schweinchen. Aber ihr Äußeres verblüfft nur den Gast, nicht Miluška, deren bedeutungsschwerer Blick von der auf der Schwelle stehenden Italienierin zu ihm herüberwandert und mahnt: Nichts übereilen! Das Wichtigste kommt erst noch.

Und das Wichtigste, das ist die Lebensgeschichte der Italienerin, die nicht ihresgleichen hat in dieser kleinen Welt, eine Geschichte, von der

Miluška, seit sie sie zum erstenmal hörte, wie behext ist, von ihr und der Hoffnung, ihr Glanz werde den vielleicht beklemmenden, jedoch oberflächlichen Eindruck zerstreuen, den der Anblick des Mädchens beim Gast hinterlassen hat. Kaum daß die Italienerin die Pelerine abgeworfen und in ihrem kurzen schwarzen Seidenkleid, das ihre festen Rundungen glänzend betont, schwungvoll am Küchentisch Platz genommen hat, folgt die ungeduldige, fast vorwurfsvolle Aufforderung: »Nun red schon! Erzähl dem Herrn etwas!« Worauf die Italienerin nickt, sich die aufgeworfenen Lippen leckt und den pausenlosen Wasserfall eines Abenteuers im Weltmaßstab hervorsprudelt.

In dieser Abenteuerstory ist die Italienerin der Sproß einer angesehenen Kaufmannsfamilie; aufgewachsen im Luxus, mit Zofen und Gouvernanten, hat sie ein sorgloses und fröhliches Leben geführt, bis sich ihre Eltern scheiden ließen. Der Vater ist nach Italien gegangen und hat dort seinen Reichtum gemehrt, wovon er die Familie jedoch erst in Kenntnis setzte, als sie, seine einzige Tochter, volljährig geworden war. Er hat sie zu sich nach Italien geholt, wo er Spielbanken für die reichsten Leute unterhält, und ihr einen Überfluß geboten, wie er nicht einmal im Film zu sehen ist. Morgens haben sie in seidenen Betten Champagner getrunken, mittags und abends in den teuersten Restaurants gespeist und jede Nacht in Bars oder den väterlichen Kasinos verbracht. Sie ist nur zurückgekommen, weil ihr Paß abgelaufen ist und sie ihre Mutter um keinen Preis hier allein lassen will. Sobald sie alle Dokumente zusammenhaben, gehen sie beide zum Vater nach Italien oder vielleicht nach Südamerika, wo sie ebenfalls Verwandte haben, von denen sie ständig eingeladen werden.

»Inzwischen arbeite ich als Sängerin«, tönt die Italienerin, ohne mit der Wimper zu zucken. Momentan sei sie zwar ohne Engagement, sagt sie, nachdem sie ihren Vertrag mit dem »Esplanade« in Zagreb habe aufkündigen müssen, weil die Leitung des Hotels sich nicht an die Bedingungen gehalten habe. Man habe ihr ein schlechteres Zimmer als vereinbart gegeben, die Gage gekürzt, und das angemietete Orchester sei nicht auf dem ihr angemessenen Niveau. Da sei sie schon lieber nach Hause gekommen – natürlich auf Kosten des »Esplanade« und nur für die Zeit bis zum Beginn des nächsten Engagements, für das sie den Vertrag bereits in der Tasche habe. Die Abendgarderobe hänge im Schrank bereit, die zwei, drei Wochen könne sie unbesorgt abwarten.

Die Geschichte fließt ohne Ende dahin, begleitet von Miluškas entzückten Blicken, die dem Gast Anerkennung abfordern. Um die schrille Stimme zum Schweigen zu bringen, fügt er sich schließlich: er nutzt die erste Pause im Bericht der Italienerin, um sie ins Zimmer zu bitten. Dort ist es schauerlich kalt, weil die Tür seit Bebas Verschwinden nicht geöffnet wird, die Bettwäsche ist feucht und klamm, der nackte Körper der Italienerin wie ein aufgeblasenes Gummikissen, aber all das ist besser als das Gewirr ihrer Abenteuer, von denen dem Gast der Kopf schmerzt und Pünktchen vor den Augen tanzen. Auch wenn er aufsteht, ist er noch immer verwirrt von dem, was er vor dem Hinlegen gehört hat, und ohne jemanden anzusehen, wirft er Geld auf den Küchentisch, zieht sich den Hut in die Stirn und flüchtet. Gleich darauf geht auch die Italienerin in ihrer Pelerine und mit ihrem Anteil am Verdienst, obwohl Miluška ihr zuredet, zu bleiben und etwas mit ihr zu trinken. Nein, der Italienerin liegt nichts am Trinken, sondern nur am Glanz; sie wird ihr Geld am Abend im Café ausgeben, wo die Kellner sie umschwirren, wo eine Jazzband spielt und wo sie vielleicht einen Fremden trifft, dem sie ihre erstaunliche Geschichte erzählen kann.

An einem regnerischen Abend stapfte Dević von einer Sitzung nach Hause. Die Straßen waren dunkel; die Lampen hinter dem Schleier der Tropfen schwankten wie betrunken; die wenigen Passanten eilten in Regenmänteln und unter Schirmen geduckt ihres Weges.

Von der sinnlos vertanen Zeit, von all dem Gerede, vom Zigarettenqualm tat ihm der Kopf weh, aber er entsann sich an den Auftrag seiner Frau, auf dem Heimweg Halva aus Leinsamen für die Kinder zu besorgen. Er betrat die Konditorei »Aquarium« mit dem unangenehmen Gedanken, daß er, um an das Geld in der Anzugtasche heranzukommen, den nassen Mantel berühren mußte.

An einem Tischchen in der Konditorei saß Katarina. Als einzige im ganzen Lokal. Dević grüßte, ohne nachzudenken. In dem Moment erschien der Besitzer, Dević sagte, was er wünschte, nahm die Halva und bezahlte. Aber Katarina war aufgestanden und näherte sich mit vielsagendem Lächeln.

Aus Angst, jemand könne kommen und ihn im Gespräch mit ihr ertappen, machte er ihr ein Zeichen, ihm zu folgen. Er verließ die Konditorei und verbarg sich in der Kinopassage gleich daneben. Eine Minute später kam Katarina. Während aus dem Kinosaal gedämpfte Musik und unverständliche Rufe drangen, hatten sie ein kurzes Gespräch.

In Katarinas vortretenden grünen Augen lag

jetzt neben der Gier ein unterwürfiger Glanz von Weiblichkeit. So hatte sie ihn lange nicht angesehen, denn seit sie für ihn vermittelte, bestand zwischen ihnen das schweigende Einverständnis, daß sie als Mann und Frau nichts füreinander bedeuteten. Und der durch ihren veränderten Blick beunruhigte Dević empfand schaudernde Angst, als sie sagte: »Ich suche schon seit zehn Tagen nach dir.« – »Nach mir?« – »Ja«, entgegnete Katarina lächelnd. »*Sie* gibt mir keine Ruhe. Du weißt, wer. Enveras Schwester. Emina.« Und da Dević jetzt endlich begriff und verwirrt den Blick senkte, flüsterte sie: »Sie hat sich in dich verliebt und wartet auf dich. Ich soll dich unbedingt zu Paula schicken. Du brauchst auch nichts zu bezahlen, sagt sie. Sie möchte nur mit dir zusammensein.« Dann lauter: »Hast du eine Zigarette?« Während er in seinen Taschen suchte, fuhr sie fort: »Du kannst mir auch ein paar Dinar fürs Kino geben. Ich bin völlig blank.« Er gab ihr etwas, dankbar, stumm, und rannte dann nach einem Kopfnicken hinaus in den Regen. Nein, niemand hatte sie gesehen – der Wasserschwall überspülte eine menschenleere Straße. Er machte sich auf den Heimweg, stolpernd vor Stolz: er hatte eine Liebesbotschaft erhalten, die erste seit vielleicht zehn oder fünfzehn Jahren.

In der Hauptstraße, die der Stadt das bunte Licht der Neonreklamen darbietet, befindet sich in einem uralten, hinter der Fassade baufälligen Haus mit Eingang durch einen düsteren, zugigen Flur die Schneiderwerkstatt von Frau Nata. Hier ist zugleich auch ihre Wohnung, die aus einem Bett hinter einem Wandschirm besteht, aber diese Doppelfunktion ist nicht aus dem vorschriftsmäßig neben der Tür angebrachten Firmenschild zu erahnen, das die Figur einer schlanken Dame im gelben Mantel zeigt und zusammen mit dem schon im Flur hörbaren Rattern der Maschine viele junge und ältere Frauen herlockt, um neue Kleider und Kostüme zu bestellen und anzuprobieren, in zerfledderten Journalen zu blättern, Vereinbarungen zu treffen und zu träumen, sich zu begeistern und zu zanken.

So geht es tagsüber. Volants, ein kleiner Besatz, meine Liebe. Frau Natas nicht mehr junges, rundes, vor Eifer gerötetes Gesicht über Seide und Kammgarn gebeugt, ihre vollen, bis zum Ellenbogen nackten Arme, ihre Hände, unter denen der Stoff wie aus einem freigebigen Schoß hervorquillt und geformt wird, um zu verhüllen, um einzuschnüren, um zu betonen, um zu schmücken. Aber nachts Konfusion und böse Worte. Der zweite Ehemann – der erste war Offizier und ist nach dem Ende des Krieges in der Emigration geblieben – kommt betrunken, mit leeren Taschen und zu Tätlichkeiten bereit nach Hause. Dieser kleine, dunkelhaarige, häßliche, arbeitslose Mechaniker hat nur einen klaren Gedanken: daß ihm Frau Nata mit ihrer fußkraftbetriebenen Maschine und ihren hochnäsigen Kundinnen überlegen ist und er sich dafür an ihr rächen muß.

Aber sie liebt ihn, diesen kleinen jähzornigen Egoisten, sie liebt ihn, wenn er nach dem Streit ins gemeinsame Bett kriecht, elend vom Trinken, mit leicht entflammbarer und unersättlicher Gier. Sie versteckt und verschweigt ihn, sie rechtfertigt und idealisiert ihn in den unvermeidlichen Gesprächen mit den anständigen Frauen, die nur wegen ihrer Hände Arbeit zu ihr kommen, und zu denen auch sie gehören könnte, wäre da nicht er, der so ordinär ist. Er und ihre Schwäche für ihn sind das unüberwindliche Hindernis, das sie von der Gesellschaft, der Stadt trennt und nach einem Ventil verlangt. Wann immer er sich festtrinkt und länger wegbleibt, unterbricht Frau Nata die Arbeit, wäscht sich und kleidet sich um, macht Gesicht und Haar zurecht und geht zu Tante Ruža, um ein heimliches Treffen zu verabreden.

Tante Ruža bereitet das Treffen vor, aber mit besonderer Umständlichkeit. Sie gibt dem auserwählten Gast zu verstehen, daß er diesmal geduldig und rücksichtsvoll sein muß, um diejenige, die er haben will, zuerst für sich zu gewinnen. Und wirklich, wenn er kommt, trifft er die Unbekannte nicht wie üblich im Zimmer an, sondern im sittsamen Küchengeruch auf einem Stühlchen, das

Tante Ruža für diesen Anlaß vor die geschlossene Zimmertür gerückt hat. Frau Nata wird als Freundin aus dem Nachbarort vorgestellt, die zufällig vorbeigekommen ist, und so verläuft auch das Gespräch in dieser zufälligen Richtung: über die Teuerung, über Krankheiten, über die Eheprobleme anonymer Bekannter. Erst wenn sie bei diesem Austausch durchsichtiger Nebensächlichkeiten miteinander warm geworden sind, öffnet Tante Ruža die Zimmertür und lädt sie ein, ihr Gespräch nebenan fortzusetzen, wo sie der Dampf und die Hitze des Herdes nicht stören werden.

Dort fliegt der Schwindel bald auf. Aufrecht und unbekleidet steht Frau Natas Körper da wie ein reifer Baum, ihre blauen Augen strahlen jugendlich, das blondierte Haar, das sonst schon grau wäre, fällt in reichen Wellen um ihr von Runzeln durchzogenes, aber schönes, breites und ebenmäßiges Gesicht. Der Gast ist bezaubert von ihren runden Formen, von der straffen, weichen und warmen durchsichtigen Haut, die vom Hals abwärts rosige Glätte bewahrt hat. Und wenn Frau Nata seine Bewunderung sieht und spürt, kann sie nicht umhin, ihn zu belohnen. Während sie sich hingibt, verrät sie flüsternd alles, was Tante Ruža nicht hatte erzählen dürfen: die gutgehende Werkstatt in der Hauptstraße, das Ansehen, das sie wegen ihrer Arbeit und Lebensführung bei den anständigen Damen der Stadt genießt, den Offiziersgatten in der Emigration, mit dem sie nur kurze Zeit zusammen war und der ihr noch immer schreibt. Nur den jetzigen Mann erwähnt sie nicht, obwohl er der Anlaß für diese ganze Geschichte und die Begegnung ist, bei der sie erzählt wurde.

Ein eisernes Bett mit einem bauchigen, von einem zerknitterten Laken bedeckten Strohsack; ein grauer Schrank, dessen angelehnte Tür ein Stück buntes Kleid einklemmt; ein ausgekühlter Kanonenofen; die Stimmen der Mädchen aus dem Treppenhaus und die Stimme des Gastes, der an der Tür gegenüber geklopft hat. Das ist Paulas Mansardenkammer, in der Dević's zweite Begegnung mit Emina stattgefunden hat.

Beide sind noch hier, sie sitzen am Rand des Strohsacks, die Füße auf dem gescheuerten Dielenfußboden, in der von spöttischen Rufen umgebenen Stille. Es ist ein Aprilmittag, am Himmel, der das kleine quadratische Fenster ausfüllt, jagen sich flauschige Wolken und schicken Wellen rosigen Lichts in die Kammer. Eminas vom häufigen Waschen eng und kurz gewordener Unterrock umspannt die vortretenden Schulterblätter und hängenden Schultern unter dem gesenkten, zu großen Kopf mit den mühsam gedrehten Locken. Sie ist ganz anders als beim erstenmal an jenem späten Abend – denkt Dević –, nur ihre Augen sind dieselben: schräg, glänzend, ruhig.

Aber es ist angenehm, daß er mit ihr zusammen ist und daß sie schweigen. Sein Wunsch ist in Erfüllung gegangen: er hat sie wiedergesehen, sie wieder gehabt, er hat sich überzeugt, daß es sie wirklich gibt; als er vorhin von Paulas Küchenschwelle nach ihr verlangte, ist sie sofort aufgestanden und ziegelrot im Gesicht fast zu ihm gerannt.

Und daß sie nicht ganz die ist, an die er sich erinnert, auf die er sich den ganzen letzten Abend und die unruhige Nacht vorbereitet hat – daß sie im Grunde unvollkommen, in ihrer Armut sogar kläglich ist, auch das soll ihm recht sein. Natürlich mindert das den Wert ihres Opfers, und das macht Dević traurig. Aber diese Trauer tut auch wohl. Die Frau, die er sich in gerührter Erinnerung vorstellte, gibt es nicht, und das ist nur natürlich. Es gibt nur Mädchen ohne Geld, die ihm für das Geld, das er hat, zwei, drei Augenblicke des Rauschs gewähren. Und Emina ist ihm treu geblieben, sie teilt seine Wehmut, seine Enttäuschung über die Wirklichkeit – Dević spürt es an ihrem Schweigen, ihrer Reglosigkeit, dem leichten Zittern ihrer Beine, die kaum bis zum Boden reichen. Er könnte lange so sitzen, immer, ohne rechten Gedanken, nur mit diesem Gefühl der Vergeblichkeit, die nicht mehr wehtut.

Aber die Stimmen von draußen tun weh, sie mahnen, daß die beiden nicht allein sind, daß auch andere die Kammer brauchen, daß sie nach Emina verlangen, die sich eine halbe Stunde später hier mit einem anderen hinlegen wird. Dević spürt fast körperlich den Geruch dieses anderen aus dem Strohsack aufsteigen. Aber selbst das tut ihm jetzt auf eine bittere, altersweise Art wohl. Das Mädchen gehört jedem – das enthebt ihn der Verantwortung, deren er sich erst bewußt wird, nachdem er sie von sich geschoben hat, ohne sie ganz zu übernehmen.

»Gehen wir«, sagt er heiser und sieht sie bewußt ausdruckslos an. »Man wird nach dir verlangen.«

Emina wendet ihm ihren Rehblick zu. »Oh«, sagt sie – sie sagt wirklich *oh*, und das wirkt nicht lächerlich, sondern wie die Klage eines Kindes, dem ein Spielzeug entzweigegangen ist –, »oh, wenn wir uns nur noch einmal bei dir treffen könnten!«

Das ist ungefähr das, woran auch Dević denkt, nur weniger konkret und weniger emphatisch: wie an einen Ausflug ins Gebirge, wo es sicher sehr schön sein kann, wohin man aber mit vollem Rucksack klettern muß. Jetzt spürt er, wie reif er im Vergleich mit ihr ist und wie überlegen. Soll er sie trösten? Aber wozu? »Du weißt, daß es nicht geht«, sagt er und sieht ihr diesmal sachlich, streng, direkt in die Augen. »Das war einmal und wird sich nicht wiederholen.«

Sie stehen auf und ziehen sich an; sie folgt wie schuldbewußt seinen Bewegungen. Er reicht ihr eine Banknote, und als Emina leidend den Kopf schüttelt, drückt er sie mit den Fingerspitzen in die feuchte Höhlung ihrer Hand, bis ihr Widerstand nachläßt. Dann fügt er noch das Trinkgeld für Paula hinzu, damit er sich nicht mehr in der Küche sehen lassen muß. Er nickt ihr zu und geht. Sie hat ihn nicht einmal gefragt, wann er wiederkommt, fällt ihm ein, während er eilig, wie bedrückt von einer unerledigten Arbeit, die Treppe hinabläuft, die vom Gelächter der Frauen widerhallt.

Katarinas Mann hatte einen Herzanfall, diesmal so heftig, daß der Hausarzt einen Rettungswagen anforderte und den Alten ins Krankenhaus bringen ließ. Das Pathos des Todes hat noch einmal die rot-schwarze Fahne über dem Quartier um die Kavalleriekaserne gehißt und die Macht über dessen eifrige Zungen übernommen. Wenn die Frauen zum Brunnen oder mit den Kindern in den Park oder wegen einer Handvoll Salz zur Nachbarin gehen, bleiben sie stehen, um über das traurige Geschick eines Gerechten und die Rücksichtslosigkeit einer Verworfenen zu reden.

Denn im Streit zwischen Mann und Frau – und jede Ehe ist ein solcher Streit – vertreten sie alle die Seite des Mannes, weil sie in ihrer Unersättlichkeit glauben, daß jene ihn weniger verdient hat als sie, die anziehender und treuer sind. Wie sollen sie dann Katarina nicht verurteilen, die weder anziehend noch treu ist, sondern ein zügelloses Liebesleben führt, weil sie eine dem weiblichen Verstand unbegreifliche Fähigkeit besitzt: dazusein, wenn sie gebraucht wird.

Als Mädchen hat sie in einem übervölkerten Hinterhof gewohnt, auf den die rückseitigen Fenster der Zweizimmerwohnung eines verwitweten Buchhalters mit zwei Töchtern hinausgingen. Katarina ist selbst vaterlos bei ihrer Mutter aufgewachsen, die nachts Blumen in den Wirtshäusern verkaufte; sie hat sich an ein ungeordnetes Leben gewöhnt und, weil sie faul ist, auch ans Nichtstun, so daß sie ihre Zeit zwischen Kinos und Konditoreien verbrachte. Nachdem der Buchhalter seine Töchter verheiratet hatte – die eine in ein nahe gelegenes Städtchen, die andere nach Belgrad –, langweilte er sich, und darum lud er Katarina ein, ihm Gesellschaft zu leisten. Sie schlossen die Vorhänge, tranken Likör, und Katarinas unschöner, doch damals noch junger Körper wurde in der Behaglichkeit der bürgerlichen Räume unternehmungslustig. Um sie nicht zu verlieren, ging der Alte schließlich die Ehe mit ihr ein, was nicht nur die Töchter und die Familie, sondern auch die Nachbarschaft entsetzte, so daß er hastig seine Wohnung gegen eine schlechtere in der Smiljanić-Straße tauschte, wo sich die separate Küche auf dem Hof befand. Hier, unter fremden Menschen, im Chaos eines ungepflegten Domizils, erfüllte sich an ihm, der nun schon pensioniert war, der Fluch der beiden Töchter. Katarina umhegt ihn nicht mehr, sie vertut seine Pension, entzieht ihm Herdfeuer und warmes Essen, empfängt fremde Männer und alte Frauen mit dubiosen Botschaften, sie geht fort, er weiß nicht wohin, um ihn bei der Rückkehr aus seinem ungesunden Greisenschlaf aufzustören.

Nun also haben die Jahre und die unvermuteten Aufregungen das Ihre getan. Und Katarina – behaupten einstimmig die Frauen um die Kaserne – atmet auf. Sie selbst ist längst nicht mehr jung, von ihrer einstigen Magerkeit sind Krampfadern übriggeblieben, die ihre Waden wie Bindfäden umspannen, und hohle Wangen, über denen ihre Augen wie Nüsse vortreten. Die Gäste bei Tante Ruža und Paula verlangen immer seltener nach ihr, so daß sie ihnen, wenn sie etwas verdienen will, andere Frauen zuführen muß. Dazu braucht sie indes eine Wohnung ohne neugierige Nachbarn – und Katarina ist entschlossen, möglichst bald an eine solche Wohnung zu kommen.

Zum erstenmal heiratete Emina mit sechzehn Jahren, und zwar einen Kellner, der bei den Tanzvergnügen im größten Lokal ihrer bosnischen Kleinstadt bediente. Er war blond, langbeinig, nur drei Jahre älter als sie und voller Unruhe; kaum waren sie getraut, zog er mit ihr wegen angeblich besserer Verdienstmöglichkeiten nach Zagreb zu seinem Onkel, einem Schneidergesellen, in eine Kellerwohnung voller Lärm und Gezänk und Kindergeschrei, die so eng war, daß Emina nur störte, statt etwas helfen zu können. Während sie in einer Ecke auf ihren Mann wartete, sahen die Hausgenossen sie schief an, und wenn er kam, zogen sie ihn beiseite und versuchten ihn zu etwas zu überreden. Wozu, begriff Emina erst später: zur Flucht über die Grenze nach Österreich zu seinem älteren Bruder, damit er der Familie nicht mehr zur Last fiel und ihr Pakete schickte.

Sie war im siebenten Monat schwanger, als er ohne Vorwarnung verschwand.

Bei der Miliz, wo sie über den Verrat ihres Mannes aussagen sollte und in Wirklichkeit selbst erst davon erfuhr, erlitt sie einen Ohnmachtsanfall und wurde vor der Zeit von einem Mädchen entbunden. Mit Kindbettfieber lag sie im Souterrainzimmerchen bei den Verwandten des Mannes, wo jede Geste und jeder Ton von Feindschaft und Verrat sprachen. Da träumte sie, wie sie ihr Kind über ein endloses heißes Sandfeld barfuß zu ihrer Mutter nach Bosnien trug, wo ihm Obhut und Pflege sicher waren. Aber das Kind war schon am vierten Tag ihres Fiebers gestorben – »an einer Infektion«, wie ihr die Verwandten nachträglich die Worte des Arztes übermittelten, dessen Anwesenheit Emina nicht bemerkt hatte. Die Verwandten hatten das Kind auch allein begraben, nun schon tief bekümmert wegen der unerwarteten Tragödie und der Kosten, die ihnen ungewollt entstanden waren.

Emina kehrte nach Bosnien zurück, ohne Mann, ohne Kind, ebenso dünn und fast ebenso jung wie bei ihrem Weggang. Ihre Schwester Envera hatte inzwischen ihren Verehrer, den Soldaten und späteren Unteroffizier, geheiratet, so daß nur noch die jüngste, zwölfjährige Schwester da war und jetzt den Haushalt anstelle der Mutter führte, die in der Wäscherei des örtlichen Krankenhauses arbeitete. Günstige Voraussetzungen also für die Rekonvaleszenz, und Emina erholte sich schnell, sie konnte nur nicht zu ihrer früheren Ruhe finden. Sie mied ihre einstigen Freunde, weil sie sich ihrer Niederlage schämte, und da sie nichts gelernt hatte, fand sie auch keine angemessene Arbeit, um die Scham zu überwinden.

Da kam ihre Mutter mit dem Angebot einer langjährigen Bekannten aus der Nachbarstadt, deren verwitwetem Sohn die Frau zu ersetzen. Dieser Mann war Chauffeur, achtzehn Jahre älter als Emina, weithin als trunk- und streitsüchtig bekannt, ungepflegt und ungehobelt. Aber Emina sehnte sich nach Befreiung von der Schande ihrer zerstörten Jugend, und ihr Mißtrauen schwand vor der Aussicht auf ein eigenes Heim, eigenes Geld, einen eigenen Mann. Als sie nach längeren Verhandlungen einwilligte, tat sie es fast verliebt.

Es stellte sich jedoch heraus, daß die Idee zu dieser Ehe ausschließlich von der Mutter des Chauffeurs stammte, die sich ihres Alters wegen nach einem Ersatz umgesehen hatte, und daß dem Chauffeur selbst nicht mehr an Emina lag als anfangs ihr an ihm. An der Seite der neuen Frau hörte er nicht auf zu trinken und Streit zu suchen, im Gegenteil: irgendein Eigensinn in ihm, eine Unfähigkeit zur Harmonie, verlangten nach Zerstörung dieser künstlichen Verbindung. Emina mit ihren bittenden Rehaugen reizte ihn auf: er verprügelte sie schon in der ersten Nacht. Sie war kein Reh mehr, sondern ein Schaf in einer verängstigten Herde, zusammen mit der meist seufzenden Schwiegermutter, der zehnjährigen Tochter und dem achtjährigen Sohn des Chauffeurs, die das gemeinsame Leid in die Arme der Stiefmutter trieb; vielleicht hielt sie die ganzen vierzehn Monate nur deshalb aus, weil ihr die Rolle der Märtyrerin so gut stand. Aber der Mann, den ihre Ausdauer und die Zuneigung, die seine Kinder für sie empfanden, immer mehr in Rage brachten, war fest entschlossen, sie loszuwerden; das Küchenmesser trat in Aktion; er warf sie aus dem Haus und drohte, sie umzubringen, wenn sie ihm nur unter die Augen trat.

So gelangte sie wieder zur Mutter. Schicksal? Unbelohnte Tugend? Das waren die Fragen, die sich ihr ständig aufdrängten, die sie mit der Mutter und den Nachbarinnen erörterte und in den Briefen an die geschickte Envera im reichen Novi Sad aufwarf, wo sie allmählich eine Möglichkeit zum Vergessen zu sehen glaubte. Angespornt durch die Klagen, aber auch achselzuckend lud Envera sie schließlich zu sich ein, wobei sie vielleicht von vornherein an Paulas Haus als den Ort dachte, wo ihre vagabundierende Schwester zur Ruhe kommen konnte. Aber Eminas Empfindsamkeit hat die Intensität des Unglücks, und dieses Unglück macht ihre großen braunen Augen so schön.

In Tante Ružas Haus kennt man drei Schankwirtinnen. Eine war es wirklich, und zwei haben die Bezeichnung nur geerbt und mit neuen Akzenten und Wesensmerkmalen bereichert.

Die echte Schankwirtin hat viele Jahre im Büfett gegenüber der Kavalleriekaserne bedient und so, als Witwe eines Kaffeehausmusikers, zwei fast gleichaltrige Töchter großgezogen. Sie folgte unverzüglich jedem Ruf von Tante Ruža, aus dem Etablissement, wo sie inzwischen ein gutmütiger alter Kellner vertrat, oder aus ihrem Zuhause, das ebenfalls in der Nähe lag und das sie der Sorge ihrer ohnehin selbständigen Kinder überließ.

In ihrer ewigen geschäftigen Hast konnte sie weder Schönheit noch Liebreiz bewahren, aber dafür war sie stets zur Hand und bot Tante Ružas Gästen, wann immer sie danach verlangten, einen dunklen muskulösen Körper, der infolge ständiger Bewegung straff geblieben war. Und ein Beflügeltsein, das aus der Überzeugung stammte, sie könnte ihren beiden Töchtern die Mühe und Anspannung ihres eigenen Doppellebens ersparen.

Aber als dieses Leben sie mit dreiundvierzig Jahren aufs Krankenbett warf, mußte sie, um die Behandlung zu finanzieren und das Haus nicht dem Leichtsinn der Mädchen anheimzugeben, beide Töchter an eigener Statt zu Tante Ruža schicken.

Zuerst die ältere, der sie noch die Schulbildung ermöglicht hatte: eine Kleine, Stupsnasige, fröhlich wie der Vater. Nachdem sie den Platz der abwesenden Mutter eingenommen hatte, bekam sie in Tante Ružas Hausjargon den Namen der neuen Schankwirtin.

Die Kleine entzog sich jedoch bald der erniedrigenden Jagd nach kurzen Begegnungen: ihre Anmut und Gewandtheit verführte den verheirateten Geschäftsführer einer Papierhandlung, ihr halb die Ehe zu versprechen und ihr so viel zu bezahlen, daß sie ihn allein als eine Art heimlichen Verlobten zu Hause empfangen konnte. Zur gleichen Zeit ergab sich für die jüngere Tochter eine Heiratschance, aber eine echte, die keinen Aufschub duldete, sondern schnell viel Geld für die Aussteuer erforderte. Das war der Anlaß für sie, als dritte Schankwirtin bei Tante Ruža anzutreten.

Im Gegensatz zu ihrer älteren Schwester war sie eine hochgewachsene, großäugige Brünette von gesetztem, ja schroffem Benehmen. Da sie nur ein vorübergehendes Bedürfnis an Tante Ružas Haus band, lag ihr nichts daran, die Gäste zufriedenzustellen und an sich zu fesseln, also wies sie verächtlich jeden außergewöhnlichen Wunsch zurück, wie es sich für sie als liebende Verlobte eines jungen und ansehnlichen Fuhrunternehmers gehörte. Sobald sie alle Dinge für den neuen Hausstand gekauft hatte, stellte sie die verhaßten Besuche im verrufenen Haus von Tante Ruža ein.

So begann eine Zeit ohne die Schankwirtinnen. Im Haus der drei Frauen wurde Hochzeit gefeiert, und die junge Gattin verabschiedete und empfing ihren Mann, der häufig unterwegs war, ihr aber regelmäßig den Löwenanteil seiner Einkünfte überließ. Auch der Geschäftsführer der Papierhandlung zahlte der älteren Schwester wie bisher ein kleines Salär, so daß die beiden, auf nur drei Verbraucherinnen verteilten Zuwendungen das Haus allmählich mit Überfluß füllten. Und mit Hoffart, wie sie vom Überfluß geboren wird: selbst den Geschäftsführer empfing man jetzt mit gewisser puritanischer Zurückhaltung, mit vieldeutigem Stirnrunzeln und umfänglichen Vorsichtsmaßnahmen wegen der übelmeinenden Nachbarschaft, und ein neuer Annäherungsversuch von Tante Ruža stieß auf die erbitterte Ablehnung aller drei Schankwirtinnen.

Dennoch wollten es die Umstände, daß der unterbrochene Kurs wiederaufgenommen wurde. Nach einer mißlungenen Gallenoperation verschlechterte sich der Gesundheitszustand der ersten Schankwirtin, hinzu kam ein Herzfehler mit Ödemen und gestörter Drüsenfunktion, der sie zum Skelett abmagern ließ und für immer ans Bett fesselte. Fast zur selben Zeit, gerade war ein Baby in dem leidgeprüften Haus geboren, kam der junge Vater, der Fernfahrer, bei einem Verkehrsunfall in Mazedonien ums Leben. Plötzlich stand die Familie ohne ihr Haupteinkommen da, mit einer Schwerkranken und einem Säugling am Hals: dem mußte abgeholfen werden.

Jedoch wie? Die Ältere, Stupsnasige, hütet

sich für den Geschäftsführer, bei dem sie kürzlich Arbeit gefunden hat; sie geht egoistisch ihren unabhängigen Weg zur Ehe und widmet deren Verwirklichung alle Kraft und allen Lohn. Das strenge Auge der Pflicht wendet sich der Jüngeren zu, die allein und schutzlos und durch ihr Kind ohnehin an das Haus und die Kranke gebunden ist. Ihr, die anfangs am wenigsten zur bezahlten Liebe befähigt und gewillt war, dieser aber jetzt vermutlich als einzige, letzte Schankwirtin bis zum Ende ihrer Kräfte wird dienen müssen.

Schon hat sie sich verändert, in gewisser Weise der Berufung angepaßt. Sie ist nicht mehr die hochgewachsene, großäugige Brünette. Ihre Schultern sind gebeugt vom Stillen und dem ständigen Hin und Her ums Krankenbett; ihr Gesicht ist grau vor Schlaflosigkeit und klein wie bei einem Eichhörnchen; die Augen haben ihren lebhaften Glanz verloren, das Haar ist strähnig und dünn unter dem Tuch, das sie nicht ablegt auf der ewigen Jagd nach Medikamenten, nach Wasser, nach Lebensmitteln, nach Geld.

Sie ist jederzeit bereit, eine Verabredung zu treffen, denn die Pflege des Kindes und der Kranken erfordert den ganzen Tag, und jede Unterbrechung ist unwillkommen. Kaum erhält sie die Aufforderung, richtet sie schnell ihre Kleidung und hastet schon durch die Smiljanić-Straße, reibt sich wie ein Wucherer die Hände, denen das Nichtstun unbehaglich ist bei so viel liegengebliebener Arbeit.

In Tante Ružas behaglichem Zimmer wandert der Blick der demütigen Augen sogleich zur Ottomane. »Wie machen wir's?« fragt die Schankwirtin unter dem Druck der Eile, bereit, jeder Laune zu genügen, nur um den Gast in kürzester Zeit zu befriedigen und ihm sein Geld zu entlocken.

Für dieses Geld entblößt sie einen knochigen und dunklen Körper, infolge ständiger Bewegung ohne Rundungen, reduziert auf die Dimensionen, die ihre Festigkeit am längsten bewahren werden – einen Körper, in dem alte Gäste von Tante Ruža die Eigenschaften jenes ersten wiedererkennen, mit dem das Geschlecht der Schankwirtinnen begann.

Paula hat keine Mühe, eine Gesellschaft zusammenzubringen, sie braucht nur anwesend zu sein mit ihrer natürlichen Großzügigkeit und Nachlässigkeit, um Männer und Frauen unter einem Dach zu versammeln. Und wenn das doch Arbeit erfordert, so wälzt sie sie auf ihre »Untermieterin« ab.

Die Untermieterinnen wechseln, aber ihre Reihe setzt sich ständig fort. Das sind Mädchen ohne Wohnung, die neben den Liebesdiensten, für die sie bezahlt werden, auch selbst eine Entschädigung für den Schlafplatz auf Paulas Küchenbank leisten: mit Saubermachen, Kochen, Einkaufen und Botengängen.

Die derzeitige Rolle der Untermieterin spielt Roksa, die ihre Arbeit verloren hat, weil ihr Chef, ein Friseurmeister in der Gosposvetska-Straße, wegen versuchten Mordes an seiner Schwiegermutter verhaftet und sein Geschäft versiegelt wurde. Zu Paula kam sie nicht als Untermieterin, sondern als neues Mädchen durch die Brillenschlange, die oft von ihr onduliert und manikürt wurde; als sie zum erstenmal in der Mansarde auftauchte, weiß und rosig, mit hohen runden Brüsten, blondgefärbtem, auf die gebogenen Brauen fallendem Pony, verrieten ihre flinken Bewegungen und Blicke noch das Lehrmädchen, das morgens schwer aus dem Bett findet und dennoch voller Schwung ist, weil es weiß, daß es abends mit seinem Freund zum Tanz gehen wird. Sie betonte gern, daß sie der erniedrigten, aber verdientermaßen überlegenen Welt der Arbeit angehörte, und schrie den Gästen, die sie mit Blicken verschlangen, in der instinktiven Selbstverteidigung eines gesunden Organismus ins Gesicht, daß sie auf dem Dorf eine anständige Familie habe, einen Vater, der Kriegsinvalide und Kolonist sei, verheiratete Brüder, eine kleine Schwester, die noch von niemandem berührt worden sei; jeder von ihnen, so schwor sie, würde sie mit eigenen Händen erwürgen, wenn er nur ahnte, womit sie sich beschäftige. Und wirklich verschwand sie bald, reiste nach Hause, wohl eher, weil hier niemand ihren Lobsprüchen glaubte, als weil sie tatsächlich das Bedürfnis hatte, dem nahe zu sein, was sie so lobte. Denn sie kehrte ebenso schnell in die Mansarde zurück, nachdem sie sich mit ihrer Familie auf dem Dorf zerstritten hatte und das dortige Leben, den Schmutz, die Langeweile – das Beiwerk ebenjener altmodischen, von ihr so laut gerühmten strengen Ansichten – nicht ertragen konnte. Und da sie jetzt in der Stadt keine Bleibe mehr hatte und Katica, eine Sitzengelassene, gerade Paulas Untermieterbank geräumt hatte, um zu ihrem Lebensgefährten heimzukehren, übernahm Roksa ihr Lager und ihre Pflichten.

Sie ist fleißig: sie fegt, schürt das Feuer, kauft Lebensmittel ein und holt Wasser, und wenn ein Gast es verlangt, folgt sie ihm schnell ins Zimmer, ohne Scheu und ohne Wärme, noch im Schwung unverbrauchter, geschäftiger Energie.

Aber sie ist inzwischen abgemagert, die schweren Milchbrüste sind weich und klein geworden, nichts an ihr tritt mehr wie früher hinter den gefärbten, in die zornige Stirn fallenden Pony zurück. Sie stolziert auf hohen Absätzen, und die neue, teure Schneiderin hat sie in ein Kleid mit langer Taille gezwängt, so daß sie schlaksig wie ein Junge wirkt. Noch immer prahlt sie gern, aber nicht mehr mit Ehrbarkeit, sondern mit dem, was sie besitzt: den schönen Kleidungsstücken, die sie dem Leben in der Mansarde verdankt. Wenn ein Gast sich anerkennend über etwas äußert, das sie trägt, funkeln ihre Augen im früheren Stolz. Sie läuft ins Zimmer, öffnet den Schrank, in dem Paula nur einen abgetragenen Rock verwahrt, entnimmt ihm ihre ordentlich auf Bügel gehängten neuen bunten Kleider und hält sie sich an: wie gefallen sie? Dann hebt sie das, welches sie gerade trägt, bis zum Hals, um den geblümten seidenen Unterrock und den trägerlosen BH – den letzten Modeschrei – zu zeigen.

Gegen Abend wird sie diese schönen Textilien anlegen und zum Tanz in die Schraubenfabrik eilen, den sie schon als Lehrling in verwaschenem Baumwollkleid und flachen, schiefgetretenen Schuhen besucht hat; sie wird die Schönste, die Eleganteste sein, die Jungen werden sich um sie reißen, und um sie vollends zu verblüffen, wird sie allen gesalzene Nüsse und Bier spendieren.

Katarinas Mann ist im Krankenhaus gestorben, gestern wurde er auf dem Uspenski-Friedhof beerdigt.

Der Tote wurde schon frühmorgens aus der Leichenkammer des Krankenhauses in die Kapelle überführt und blieb hier, bis um drei Uhr nachmittags die Witwe mit dem Geistlichen und dem Sakristan eintraf. Zu ihnen gesellten sich fünf, sechs neugierige Frauen aus der Smiljanić-Straße, die sehen wollten, ob die Töchter des Buchhalters zum Begräbnis anreisen würden und wie Katarina sich verhalten würde.

Die Töchter kamen nicht, denn niemand hatte sie benachrichtigt – es fragt sich, ob sie in ihrer Mißbilligung der zweiten Ehe ihres Vaters überhaupt gekommen wären –, und Katarina benahm sich wie alle Frauen in dieser Situation. Sie hatte alles Schwarze angelegt, das sie in der Eile finden konnte – schwarze Strümpfe und Schuhe, einen schwarzen Hut und einen Trauerflor um den Ärmel des schwarzen Wintermantels –, und weinte. Sie weinte, weil der alte Mann noch vor zwei Tagen am Leben gewesen und nun tot war, was sie daran gemahnte, daß es ihr eines Tages ebenso ergehen würde. Und sie weinte, weil sie fühlte, daß sie mit ihm, seinem Namen, seiner Pension, ja sogar mit seinem nörgelnden Mißtrauen eine Schranke verlor, die sie vor den anderen Menschen geschützt hatte, und daß sie sich von nun an selbst schützen mußte.

Natürlich erfüllte sie diese Erkenntnis mit einem gewissen Stolz, und auch deshalb weinte sie. Und sie weinte später zu Hause, aus Angst, der Tote könnte ihr als Gespenst oder Traumgesicht erscheinen und sie der Untreue beschuldigen. Sie war jetzt der alleinige Herr in dieser Wohnung, was sie sich immer gewünscht hatte, und damit setzte sich ihr Treubruch fort.

Sie kann nicht anders. Während sie in ihrem Zimmer sitzt und von jenseits der gemeinsamen Wand hört, wie der Hausbesitzer und seine Frau hin und her gehen, wie er hustet und sie vor sich hin murmelt – was sie bisher nur als ruhestörend empfunden hat –, kalkuliert sie, inwieweit solche oder stärkere Geräusche aus ihren Räumen drüben bei ihnen zu hören wären. Tritt sie in den Flur, zählt sie die Schritte, die es braucht, sich von der Wohnung bis zum Haustor zu stehlen. Wenn sie durch den Hof zur Küche oder Abstellkammer geht, mustert sie die Fenster der Nachbarn: könnte sie von dort beobachtet werden, wenn sie jemanden ins Haus bringt? Und sie begreift bereits, was sie nur ahnte, solange sie vom Alleinsein träumte: in der jetzigen, geteilten Wohnung, in diesem Haus voller älterer Müßiggänger kann sie ihre Pläne nicht verwirklichen.

Das erfüllt sie mit giftiger Ungeduld. In Ermangelung einer eigenen Freistatt hat sie sich allzu lange unterworfen: Tante Ružas altmodischen Prinzipien, die jeden gut zahlenden Gast mit freieren

Gewohnheiten und Bedürfnissen abschrecken; Paulas Leichtsinn, der ihrer ganzen Umgebung Unannehmlichkeiten bereitet; Miluškas Unfähigkeit, die von ihr, Katarina, mühsam geschaffenen Verbindungen zu nutzen und zu pflegen. Damit ist jetzt Schluß. Sie wird selbständig tun, was sie alle tun, aber besser, mit größerem Nutzen. Sie wird die perfekte Kupplerin sein! Kein lüsternes Mädchen wird ihr entgehen, kein Mann, der beim Versprechen einer Umarmung schwach wird. Sie wird sie miteinander bekannt machen und verbandeln; sie wird ihre Neigungen studieren und befriedigen; sie wird mit Anweisungen und geschickt angebrachten Lügen ihr Verhalten lenken; sie wird über ihre Leidenschaften und ihr Geld herrschen. In Gedanken sieht sie sich bereits als riesigen Nachtvogel, der über der Stadt schwebt und unter jede Schwelle lugt – er weiß alles und spannt überall Fäden, aus denen wie aus offenen Blutgefäßen die Dinare strömen, mit denen man bündelweise Kinokarten und haufenweise Törtchen kaufen kann.

Des Geldes wegen, mit dem sie ohnehin achtlos umgeht, hat Paula neuen Ärger.

Die Ursache war Emina, diese Träumerin und leichte Beute träumerischer Impulse, und der Auslöser ein Handelsreisender, ein stämmiger, mit den Jahren und vom Wein fettgewordener Gebirgler im Ledermantel. Er traf zusammen mit dem Primas aus dem »Dalmacija« direkt von der Fischerinsel, wo sie nach dem Geschäftsschluß der städtischen Schenken weitergezecht hatten, morgens in der Mansarde ein und schickte eines aus der Schar der hier versammelten Mädchen, eine Flasche Vinjak zu kaufen, mit der er alle bewirten wollte. Dann erwählte er sich Emina und ging mit ihr aufs Zimmer.

Paula war an dem Morgen schlecht gelaunt, denn schon beim Aufstehen war ihr eingefallen, daß der Liebste lange nicht geschrieben hatte; an der Fahrigkeit, mit der Emina in die Küche zuruckkam, um eine Schüssel warmes Wasser zu holen, erkannte sie, daß der Gast großzügig gewesen war, und das störte sie auf einmal. Ganz gegen ihre sonstige Gewohnheit befahl sie Emina, ihr zu zeigen, wieviel Geld sie eingenommen hatte, und während diese, ungeschickt mit der vollen Schüssel in den Händen, noch überlegte, was diese neue Strenge zu bedeuten hatte, sprang Paula herbei und riß ihr ein Bündel Banknoten aus dem Blusenausschnitt. Emina schrie auf und verschüttete etwas Wasser. Die hocherregte Paula begann das Geld zu zählen und klopfte bei jedem Schein mit dem Fingerknöchel auf den Tisch. Das war der Augenblick, in dem der Gast, der nicht länger auf die Befriedigung seines Hygienebedürfnisses warten wollte, in die Küche kam.

Der Gerechtigkeitssinn des Montagnarden rebellierte in ihm. Er forderte Paula auf, dem Mädchen das Geld bis zur letzten Para zurückzugeben, und als sie in ihrer Wut, bei ungewohntem Tun ertappt worden zu sein, sich weigerte, hielt er ihr die Ausgaben vor, in die er sich gestürzt hatte, um sie und ihre Gesellschaft zu bewirten. Das öffnete die Schleusen gegenseitiger Beleidigungen: sie nannte ihn Geizkragen, er sie Ausbeuterin, und die Unbilligkeit dieser beiden Bezeichnungen schloß von vornherein die Möglichkeit der Versöhnung aus. Der Reisende ging zornschnaubend und warf die Tür hinter sich zu, und etwas später traf ein Milizionär auf dem Kampfplatz ein, der noch von den nachträglichen Auseinandersetzungen der dort Verbliebenen widerhallte.

Es wiederholte sich die übliche Szene Paula – Obrigkeit. Sie beteuerte ihre Unschuld, verwies auf ihre Verdienste, fluchte, schimpfte, und der uniformierte Ordnungshüter notierte derweilen in aller Ruhe die Personalien der Anwesenden. Er ging salutierend und hinterließ, wie ein Motorboot in einem Tümpel, ein lang anhaltendes Wogen des Entsetzens und der bösen Ahnungen.

Der an allem schuldige Reisende erschien noch

einmal auf der Szene, aber nicht auf derselben. Nach dem Kontakt mit der Miliz hatte er tagsüber seine geschäftlichen Dinge erledigt und dabei nicht versäumt, den Alkoholspiegel im Gefäß seines Leibes stabil zu halten. Er fühlte die ganze Zeit, daß das, was er im Zorn angerichtet hatte, vielleicht nicht ganz anständig oder schlau gewesen war. Darum suchte er abends den Primas des »Dalmacija« an seinem Arbeitsplatz auf, erfragte Eminas Adresse von ihm und ging zu ihr, um sich zu entschuldigen.

Der Hausherr, Ehemann und Schwager hatte glücklicherweise Nachtdienst in der Kaserne, so daß es zu keiner weiteren Demütigung kam. Die beiden Frauen, Envera, die gerade ihr Kind schlafen legte, und Emina, die sich gleich nach der Ausweiskontrolle bedrückt ins Haus der Schwester zurückgezogen und es seither nicht wieder verlassen hatte, empfingen den ungebetenen Gast nicht gern, aber nachdem er die Sprache auf das gebracht hatte, was auch sie beängstigte, boten sie ihm einen Stuhl an. Mit gepreßter Stimme und gestikulierend drückte er seine Reue und Bußfertigkeit aus; er lud sie ins Café ein. Mit stummem Kopfschütteln, als zöge sich eine Schlinge um ihren Hals zusammen, lehnte Emina die Gefälligkeit ab, aber Envera war wider Erwarten bereit, auch ohne ihre Schwester mitzukommen, der sie noch auftrug, gut auf das Baby aufzupassen. Sie zog sich an, sie brachen auf, sie aßen und tranken in sentimentaler

Stimmung, bis der Ledermantel um Mitternacht zum Bahnhof mußte, um den Zug nach Bijeljina nicht zu versäumen.

Bei Paula ist es wie nach einem Erdbeben. Die Ängstlichen sind fortgelaufen, die Mutigen geblieben, und zu ihnen haben sich verzweifelte Fremde gesellt. Das Haus ist erschüttert; seine Risse werden flüchtig verstopft und dann vergessen.

Die Ausweiskontrolle und Aufnahme der Personalien scheint nachträglich die Unordnung zu rechtfertigen, die immer in der Mansarde herrscht; niemand denkt jetzt daran, sie zu beseitigen, denn es besteht kein Grund mehr dafür.

Es ist wärmer geworden, und die Türen von Zimmer und Küche stehen offen; die Kochdünste und die Gerüche nach Bett und warmem Seifenwasser mischen sich auf dem Treppenpodest. Hier drängen sich die Mädchen, die darauf warten, ans Werk zu gehen; sie rauchen, beugen sich über das Geländer, um zu sehen, wer die Treppe heraufkommt, sie wechseln gedämpfte Rufe, verständigen sich durch Pfiffe, geben einander freche Ratschläge. Wenn die seltener gewordenen Gäste diese Unbekümmertheit beobachten, ziehen sie sich entweder erschrocken zurück oder beschreiten, mitgerissen, selbst den neuen Pfad, der krumm und von Eigenmächtigkeiten gekreuzt ist, aber auf bislang verborgenen Abkürzungen zum Vergnügen führt.

Die entnervte Paula überläßt sich dem Erdrutsch, den sie ausgelöst hat und dessen sie inzwischen nicht mehr Herr wird. Ein Tuch um die Stirn gewunden, schluckt sie Kopfschmerzpulver, und während sie vergeblich auf deren Wirkung wartet, starrt sie stumm vor sich hin oder schilt die Mädchen wegen winziger Verfehlungen. Aber wenn jemand die Strafen erwähnt, die ihnen allen drohen, erwacht in ihr ein launischer Trotz. Sie hebt den Kopf, ihre Wangen zittern, ihre Stimme übertönt kreischend alle Gespräche. Ihr könne niemand etwas anhaben – ruft sie, sie habe diesem Staat so viel gegeben, ihr Blut für ihn vergossen, ihren Liebsten in seine Armee geschickt – sie werde Verteidiger finden. Oder sie erklärt einfach, die Geschichte von der Ausweiskontrolle sei eine bloße Erfindung, so etwas sei in ihrem Haus nie vorgekommen, weil es ein anständiges Haus sei, was sie zu jeder Stunde beweisen könne. Dann versinkt sie wieder im Kopfweh.

Die Mädchen sehen sich amüsiert an, augenzwinkernd und achselzuckend. Das ist eine ganz neue Clique, wie nach dem Prinzip der kommunizierenden Röhren hochgespült, um den freien Platz von Emina (die Hals über Kopf nach Bosnien abgereist ist), der Brillenschlange und der kleinen Zigeunerin (die den gefährlichen Treffpunkt meiden) einzunehmen. Diese Neuen sind eine einmütige Gruppe fast gleichaltriger dünner und fahriger Siebzehn- bis Achtzehnjähriger, die sich bisher schuleschwänzend in Parks und auf verlassenen Baustellen herumgetrieben haben und jetzt dem Vorbild von Roksa, der Königin des Korsos und der Tanzveranstaltungen, nacheifern.

Roksa ist ihr anerkannter Chef und, da sie in der Mehrheit sind, der Chef des Hauses. Sie hat den Überfall durch die Obrigkeit als gesetzwidrig empfunden, und er hat statt Angst die Flamme des Widerstands in ihr geschürt, zwei Falten zwischen ihre hellen Brauen gegraben, ihr Gesicht und ihren muskulösen Körper noch hagerer werden lassen. Unermüdlich schleppt sie Mädchen und Gäste herbei, teilt ihnen ihre Plätze zu und fertigt sie paarweise ab, sie nimmt persönlich das Trinkgeld fürs Zimmer entgegen und stopft es ungezählt Paula in die Tasche. Wenn es in der Küche, wo alle sitzen, dunkel wird, fordert sie die verbliebenen Gäste auf, sich schnell zu entscheiden oder zu gehen; sie nimmt etwas Geld aus Paulas Tasche oder aus den Händen der nächststehenden Mädchen und schickt eine von ihnen los, Aufschnitt und Bier zu holen. Nachdem sie im Stehen zu Abend gegessen haben, begibt sich die ganze Gesellschaft zum Tanzen in eine Fabrik oder Berufsschule, um dort zu blenden und zu schockieren.

Welches Stigma tragen die Menschen aus dem Triumph in der Liebe davon, daß es ihnen in der Regel neue Opfer zuführt? Nach der Veränderung, die sich im Verhalten von Tante Ružas Nachbarin ereignet hat, kann Dević mit ungläubigem Lächen darüber nachdenken.

Sie ist ein kleines, unansehnliches, ja komisches Frauchen mit struppigem dunklem Haar, breiten vollen Lippen und schwarzen Knopfaugen, nach dem die Gäste nur verlangen, wenn sie es eilig haben, ihren Trieb zu befriedigen, und bei Tante Ruža gerade kein Mädchen ist. Sie wissen, daß die Nachbarin für eine ganze Schar Untermieter kocht und wäscht und deshalb ans Haus gebunden und mit Sicherheit erreichbar ist, und wenn sie Sinn für Ironie haben, werden sie sich an den fast rituellen Einzelheiten dieser Prozedur delektieren.

Die Nachbarin wohnt nämlich im Nebenhaus – daher ihr Spitzname –, eine Wand ihres Zimmers ist zugleich die Wand des Flurs gegenüber von Tante Ružas Küchentür, und sobald die alte Kupplerin den Auftrag erhält, zückt sie das Schüreisen wie ein Schwert und begibt sich zum Angriff auf jene Trennwand, die zugleich ein Schall-Leiter ist. Zwei-, dreimal klopft sie kurz und abgehackt und wiederholt diese Zeichen immer rücksichtsloser, wobei sie halblaut auf die schlampige, taube, dumme Frau schimpft, bis sie für den Gast unhörbare Gegensignale empfängt. Dann kehrt sie mit schleppenden Füßen zurück, und ihr Murren wird

Schritt für Schritt leiser, woran der Gast erkennt, daß die Nachbarin unterwegs ist.

Tatsächlich eilt sie nach wenigen Minuten herbei mit ihrem kleinen Körper im alten Hauskleid, einem Körper, der von der schweren Arbeit nach Schweiß riecht und am Bauch vom Seifenwasser aus dem Waschtrog naß ist, aber auch beleuchtet von der Doppelreihe weißer Zähne hinter den freudig zum Lächeln gedehnten, dicken bläulichen Lippen. Die Nachbarin freut sich, weil jemand sie ruft, weil jemand sie will, weil sie in fünf Minuten mehr verdienen kann als an einem ganzen Tag des Kochens und Waschens.

So ließ auch Dević hin und wieder nach ihr rufen, aber als er das letzte Mal zu Tante Ruža kam, war es nicht ihretwegen, sondern weil er ein neues Mädchen anstelle der abgereisten Emina erwartete. So stand er in Tante Ružas enger Küche im Dunst der Töpfe und hörte der Alten zu, die ihn eigentlich abwies und sich zugleich auf ihm unangenehme Weise beklagte, daß sie nach dem kürzlichen Einfall der Miliz bei Paula nicht mehr den Mut habe und auch nicht daran denke, eine Fremde ausfindig zu machen und ins Haus zu holen.

Er rüttelte schon enttäuscht und ungeduldig an der Klinke, zum Gehen bereit, als ein Schatten auf die Türgardine fiel und unschlüssig verharrte. Unter dem Eindruck der Angst, die sie gerade heraufbeschworen hatte, erstarrte und verstummte Tante Ruža; erst als sie sich erholt hatte, öffnete sie die Tür. Vor ihnen stand die Nachbarin. Sie war gekommen, um von Tante Ruža zwei Löffel Zucker zu leihen; aber kaum hatte sie Dević erblickt, entblößte sie die Zähne zu ihrem glücklichen Lachen. In ihrer Arglosigkeit glaubte sie, er wolle sie haben, da sie einander schon begegnet waren.

Tante Ružas erfahrener Blick überprüfte das sofort in Devićs Miene; als sie sein leichtes Stirnrunzeln sah, fuhr sie die Nachbarin an, sie mit ihren Dummheiten in Ruhe zu lassen, und schlug ihr die Tür vor der Nase zu. Dević sah noch, wie das Lächeln in dem kleinen Gesicht erlosch, wie ihn die runden Augen mit vorwurfsvollem Staunen anblickten, und dann, schon auf der Projektionsfläche des Vorhangs, wie sich der Schatten der Nachbarin nach einem Moment des Zögerns bewegte und entglitt. Aber nur für ein paar Augenblicke, um, noch ehe das Gespräch in der Küche weitergehen konnte, wieder am Vorhang zu erscheinen. Dević und Tante Ruža wechselten einen Blick; die Alte öffnete mit zornig gerunzelten Brauen die Tür und ging hinaus, um die Dinge zu klären.

Als sie zurückkam, lächelte sie mit zahnlosen Kiefern und zwinkerte mit den funkelnden grünen Augen. Sie hatte eine Botschaft von der Nachbarin für Dević: er brauche auf ein Zusammensein nicht zu verzichten, wenn er gerade kein Geld habe, und um sich das Trinkgeld für das Zimmer zu ersparen, könne er gleich zu ihr, der Nachbarin, in die Wohnung kommen, wo sie garantiert allein sein würden, weil die Untermieter erst am Nachmittag heimkämen. Tante Ruža schwor kichernd, die Nachbarin habe das alles genau so, mit diesen Worten, gesagt; sie trocknete sich mit dem Taschentuch die Tränen des Lachens, die diese angesichts der Armut der Nachbarin ungewöhnliche, unbegreifliche Großzügigkeit hervorgelockt hatte. Und Dević stimmte gutgelaunt in ihr Gelächter ein.

Aber als er sich verabschiedet hatte, spürte er die Verlockung im unterwürfigen Angebot dieser Frau, und statt die Straße hinunterzugehen, betrat er, nachdem er Tante Ružas Haus verlassen hatte, sogleich das benachbarte. Dort stand im schmalen, finsteren Gang die Nachbarin starr an der Wand wie ein Vorposten; sie wandte sich lautlos um und lud ihn mit einer fast unsichtbaren Handbewegung ein, ihr zu folgen. Er durchquerte mit vorsichtigem Schritt und schweigend zwei mit Möbeln vollgestellte Zimmer, um ein drittes, sehr ärmliches, mit drei Eisenbetten und einem altersdunklen Schrank zu erreichen. Sie schloß die Tür ab und näherte sich, ohne ihn zu berühren, dem Bett ganz hinten, das heißt, ihrem Lager. Da er sich nicht rührte, sondern ihr zusah, setzte sie sich auf die dicke, über den Strohsack gebreitete bunte Decke und begann mit gesenktem Blick und unter dem kaum gehobenen Rocksaum die erdbraunen Baumwollstrümpfe abzustreifen. Zum erstenmal bei einer Liebesbegegnung strahlte ihr Gesicht nicht; es schien besorgt von einem besonderen Gedanken, in sich gekehrt, wie über einen Abgrund geneigt.

Diese Frauen handeln mit ihrem Körper, aber sie haben ihre Ware von der Natur zum Geschenk erhalten und begreifen nicht, worin ihr Wert liegt. Vornehmlich ist das der Fall bei Bojka, die auf die Idee kam, sich zu verkaufen, als sie sich im Spiegel beschaute und ihr Bild mit den Fotos von Filmstars und Mannequins in den Modezeitschriften verglich.

Bojka geht, wenn sie gerufen wird, zu Tante Ruža, aber sie empfängt auch vormittags, wenn ihr Mann auf der Arbeit ist, Gäste in ihrer Wohnung im ersten Stock über dem Warenhaus. Hier ist es dann behaglich: in der Küche knistert das Feuer, vor dem Herd krabbelt und plappert Bojkas zweijähriges Töchterchen, sie gibt dem Kind einen Kochlöffel oder ein Töpfchen zum Spielen und geleitet den Gast in das gelüftete Schlafzimmer, dessen Abgeschiedenheit von den Straßengeräuschen noch betont wird. Bojka ist sich der Wirkung dieses Ambientes bewußt, und sie bietet es fast ebenso stolz dar wie den eigenen Körper, der kräftig, sauber, weißhäutig, in frischgewaschene glatte Stoffe gehüllt ist.

Vorgestern jedoch, als der Uhrmacher Špiler kurz aus seinem nahe gelegenen Geschäft vorbeikam, war in der Küche gerade die Zigeunerin, die wöchentlich einmal für Bojka die Kohlen aus dem Keller holt. Sie ist ein junges, aber unbeholfenes, fast stummes Geschöpf mit breitem, ebenmäßig braunem Gesicht und weitstehenden großen Augen, in zerrissenem buntem Rock und ebensolcher Bluse und einem großen bunten Kopftuch, unter dem ungebärdiges, kohlschwarzes, glattes und trockenes Haar hervorquillt. Bojka also argwöhnte nichts, als sie sah, daß Špiler die Zigeunerin unverwandt betrachtete – wie sie sich barfuß, den Rock zwischen den Schenkeln, hinhockte, um den Eimer unter dem Herd hervorzuziehen; wie sie sich beim Ausräumen der Asche aufrichtete und bückte, die muskulösen Arme nackt bis zur Schulter, die schwellenden Brüste träge im tiefen Blusenausschnitt; wie sie, den vollen Eimer in der Hand, durch die Küche huschte, mit unstetem Blick und einem verlegenen Lächeln auf den fleischigen roten Lippen. Als sie allein geblieben waren, lud die Hausherrin Špiler mit majestätischer Armbewegung ein, ihr aufs Zimmer zu folgen.

Sie hielt inne, als sie sah, daß er zögerte. Er stand da, dünn und ordentlich, die Hände steif in den Manteltaschen, mit besorgtem Ausdruck im aschfahlen Gesicht und den dunklen Augen. Ohne sich von der Stelle zu rühren, fragte er Bojka, ob sie ausnahmsweise – hier stockte er auf der Suche nach einem Ausdruck –, ob sie ihm eine Frau vermitteln könne, die ihm gefiele, mit der er sich aber nicht selbst verständigen könne, natürlich gegen Entgelt. Und als Bojka fragend und erstaunt die gemalten Brauen hob, senkte er den Blick, zog die Hände aus den Taschen, faltete sie auf dem Rücken und murmelte: »Zum Beispiel ... Zum Beispiel diese Zigeunerin … Sie kommt doch gleich wieder, nicht wahr?« Er hob den Blick seiner jetzt von Unsicherheit und Angst erfüllten Augen. Er bangte, ob die Zigeunerin wirklich gleich wiederkäme und ob Bojka bereit wäre, mit ihr über sein Angebot zu sprechen.

Bojka faßte es indes so auf, als fürchte er ihren Zorn, und nur das hielt sie zurück, ihn mit groben Worten fortzuschicken. Den Kopf zurückgeworfen, antwortete sie, daß sie sich mit Kuppelei nicht abgebe, und öffnete die Wohnungstür. Aber kaum war er gegangen, zog sie sich an und rannte erregt zu ihren Freundinnen in der Umgebung der Kaserne, und bei einer traf sie auch Katarina an. Was für eine Schande! jammerte sie. Sie habe keine Worte! Ein angeblich feiner Herr mit Seidenkrawatte und gewählter Redeweise, der statt ihrer, die sauber und gesund sei, eine stinkende Zigeunerin begehre, die sie mehr aus Mitleid ins Haus lasse, als um einen Nutzen zu haben – sie ekle sich ja vor allem, was die berühre, und müsse hinterher eine halbe Stunde lang abstauben und lüften!

Die Frauen gaben ihr recht, empörten sich, erzählten von ähnlichen, wenn auch weniger schlimmen Vorkommnissen und winkten schließlich ab: wer sollte die Verderbtheit der Männer restlos durchschauen!

Nur Katarina mit ihrem Sinn für das Böse fühlte die Geschmacklosigkeit und die Verlogenheit dieser Empörung – sie, die ahnte, daß die

Schönheit für bestimmte Menschen in bestimmten Augenblicken im Abstoßenden verkörpert war; daß es gerade die Sehnsucht nach dem Eintauchen ins Häßliche war, die sie zu ihr und zu Bojka, zu ihrer berechnenden Hingabe zog; daß der Uhrmacher nur eine höhere Stufe der Befriedigung suchte, als er sie bei einem schönen Körper finden konnte, der ihm bei der Umarmung die quälende Rücksicht der Liebe aufzwang.

Auf dem Umweg über Envera, die von zu Hause einen Brief bekam, über Roksa, die ihn las, über Katarina, die für die Vermittlung sorgte, erhielt Dević einen Gruß von Emina. Sie denke noch immer an ihn – stand in dem Brief –, sie denke an ihn mit Wehmut und Sehnsucht, weil sie ihm so fern sei, nicht nur räumlich, sondern auch sonst, und ihr Leben wieder bei der Mutter in der bosnischen Kleinstadt friste, ärmlich, aber ruhig.

Die Gelegenheitssünderin versuchte also ihren Fehltritt in den Schleier der Empfindsamkeit zu hüllen, und das in einem Augenblick, da sich die Schlinge, vor der sie geflohen war, um sie zusammenzog, ohne daß sie es sah.

Weder sie noch offenbar irgend jemand anderes sah, daß das, was sich um den Hals von Paulas Mädchen legte, eben die Schlinge war, die Emina geknüpft hatte. Ja, sie, die Zarte, Zerbrechliche, Empfindsame! Aber hatte nicht die Sanftheit – die im Geschäftsleben Schwäche und Krankheit bedeutet – nach ihrem Einzug in den gesunden Organismus von Paulas Haus zuerst den Verstand der Männer und dann die Eintracht der Frauen untergraben?

Nach dem Skandal um Emina hatte sich Renitenz im Haus breitgemacht. Nach Eminas Fortgang waren Minderjährige dort eingezogen. Ein schlechter Fortgang nach schlechtem Beginn. Muskulöse, biegsame Körper und blitzende weiße Zähne – das war keine Grundlage mehr für einen sinnvollen Umgang mit dem Begehren. Die im Metier erfahrene Brillenschlange spürte es mit schmerzlicher Klarheit, wenn sie den Zustrom der mutwilligen kleinen Mädchen beobachtete.

Sie selbst hatte schon am fünften Tag nach dem Skandal wieder ihren Platz in der Mansarde bezogen, denn sie sah ein, daß sie jenseits des unmittelbaren Geschäfts mit den Körpern kaum jemanden anlocken konnte – etwa im hastigen Gewimmel der Straße oder in einem nüchternen Café, wo die Blicke der Männer sie gleichgültig streiften. Sie fand sich mit dem weiteren Risiko ab. Aber sie wurde mit deutlicher Zurücksetzung konfrontiert. Denn in diesen kurzen fünf Tagen hatten die Gäste bereits die unschätzbaren Vorzüge von Roksas kleinen Schützlingen entdeckt; sie kamen jetzt nur noch derentwegen, warteten geduldig und nervös in der Küche, argwöhnisch, als fürchteten sie, diese frischen jungen Körper könnten jeden Augenblick die Überlegenheit der eigenen Schönheit begreifen und sich den begierigen Händen verweigern. Die Brillenschlange zog die Männer ins Gespräch, stand auf, um ihre langen, in den Seidenstrümpfen immer noch ansehnlichen Beine zur Geltung zu bringen, sie nahm die Gläser von den kurzsichtigen Augen – man bemerkte sie nicht.

Die Galle lief ihr über, als ein älterer Gast, ein Reisender, der sich schon tags zuvor mit einer der Neuen vergnügt hatte, kam, um wieder nach dieser Marica zu verlangen, und, da das Mädchen gerade mit einem anderen auf dem Zimmer war, sich gesenkten Blicks zum Warten hinsetzte. Außer der unausgeschlafenen Paula und der am Herd beschäftigten Roksa befand sich nur die Brillenschlange in der Küche – es war ihre Chance. Sie erhob sich, ging auf und ab, erklärte mit geheimnisvollem Lächeln, sie sei soeben frisch gebadet von zu Hause gekommen und seit Tagen mit keinem Mann zusammengewesen, und da der Gast auf diese einladenden Worte nicht reagierte, wurde sie laut und äußerte ihr Erstaunen darüber, daß einige Männer imstande seien, sich, ohne Scham oder Ekel zu empfinden, mit einer Frau hinzulegen, die kurz zuvor mit einem anderen zusammengewesen war. Roksa, die bisher mürrisch schweigend zugehört hatte, warf sich zur Verteidigerin ihres Schützlings auf und sagte, mit ihr, der Brillenschlange, würde sie nicht einmal ins Bett gehen, wenn sie noch unberührt wäre. Nun wurde es noch lauter, Kränkungen flogen hin und her, Roksa und die Brillenschlange packten einander bei den Haaren, und da in diesem Moment zwei weitere Mädchen aus Roksas Clique eintrafen, war alsbald auch das Treppenpodest von Zank und Geschrei erfüllt.

Früher wäre die Kontroverse wahrscheinlich von selbst erloschen, sobald die gegnerischen Seiten ermüdeten; aber das Einschreiten der Obrigkeit ein paar Tage zuvor hatte bei den Mietern der unteren Etagen Kampf- und Widerspruchsgeist geweckt. Eine der Hausfrauen wählte siegesgewiß die Nummer der Miliz und meldete ein »entsetzliches Getöse«; zehn Minuten später hielt ein dunkles Auto mit vergitterten Fenstern vor dem Haus, zwei Ordnungshüter sprangen heraus und rannten die Treppen hinauf.

Eine unerhörte Szene in der kleinen Stadt: hochrote, zerzauste Mädchen in modischen Kleidern, die von Milizionären in den dunklen Bauch einer echten grünen Minna gestopft wurden. Eine vermutlich übertriebene Maßnahme, die aber, einmal eingeleitet, nicht mehr zu stoppen war. Das Dossier mit den früheren Vorkommnissen in der Mansarde, das wochenlang im Regal des Richters Staub angesetzt hatte, gelangte nach diesem neuen Beweis für unbotmäßiges Verhalten auf die Tische der Ermittler in der Abteilung Inneres; diese führten hastige Vernehmungen durch und forderten Strafen, denen der Richter wohl oder übel zustimmen mußte, um den Eindruck der Unschlüssigkeit zu verwischen. Und als die Frauen und Mädchen tags darauf aus dem Gewahrsam entlassen wurden, folgten ihnen bereits die Strafbescheide über je dreißig Tage Freiheitsentzug. Einer erging auch für Emina an Enveras Adresse; aber die ältere Schwester war so schlau, dem Zusteller nichts zu quittieren, sondern ihm statt dessen Eminas Anschrift in Bosnien zu geben; je weiter weg, desto besser, vielleicht kam die Sache niemals an.

Niemanden haßt Katarina so sehr wie Tante Ruža, bei der sie ins Geschäft eingestiegen ist und die sie im Geschäft zu beerben gedenkt. Ihr Haß ist unterschwellig, sogar im eigenen Bewußtsein durch Mitleid vernebelt. Als hätte sie ein früheres oder späteres anderes Ich vor sich, beobachtet sie sorgenvoll und zugleich befriedigt, wie Tante Ruža altert, wie ihre Körperkräfte und ihr Gedächtnis nachlassen, wie sie sich murmelnd zu erinnern versucht, für welche Uhrzeit sie diese oder jene Begegnung verabredet hat. Sie geht oft aus ihrer Wohnung gegenüber zu ihr, besonders seit diese Wohnung verwaist und sie wegen der Trauerzeit arbeitslos ist. Bei Tante Ruža ist alles beim alten, jedes Ding bis zum letzten Putzlappen ist an seinem Platz, jeder Geruch, jede Gewohnheit. Hier kann sie sich wegen ihrer nächtlichen Todesängste ausjammern und sie vergessen. Hier spürt sie nicht, daß ihre Zeit nutzlos verstreicht, denn sie hat jemanden vor sich, den die Zeit zermürbt.

Seit sich bei Paula die Besuche der Miliz häufen, läßt Katarina keine Gelegenheit aus, Tante Ruža über deren Verlauf und die Folgen zu unterrichten. Sie, die das Unglück ebenso hätte treffen können, wäre sie nicht durch Krankheit und Tod dem Zentrum der Ereignisse entrückt gewesen, erhebt sich jetzt über dieses Unglück: sie verdammt den Leichtsinn der Mädchen und die Gewöhnlichkeit der Gäste als Folge der unsoliden neuen Zeiten, und wenn sie bemerkt, daß Tante Ruža vor

Aufregung die Maßstäbe verloren hat, beschreibt sie ihr in starken Worten die Festnahmen, die Verhöre, die Urteile und schließt mit düsterer Miene, man wisse nie, wo die Peitsche treffe, wenn sie einmal geschwungen werde.

Tante Ruža läßt sich nicht so leicht verrückt machen. Die Ungelegenheiten im Haus der Rivalin betrachtet sie als gerechte Strafe, weil dieses Haus gedankenlos geführt wurde, worüber sie viel gehört und was sie stets vernehmlich verurteilt hat. Sie hält also diese Ungelegenheiten sozusagen für ihren eigenen Sieg, den Sieg der festeren Prinzipien – ein Grund, Katarinas Berichten bereitwillig und sogar mit Freude zu lauschen. Aber wenn die heisere Stimme der Favoritin minutenlang die Szenen von Auflösung und Verfall an einer Stätte menschlicher Begegnungen zerwetzt, die durch ihren Zweck und die ihn begleitende Illegalität ihrer eigenen gleicht, dann beginnt der Kochlöffel in ihrer alten Hand zu hüpfen wie ein Kreisel, sie läuft ohne Notwendigkeit zwischen Herd und Kredenz hin und her, bis sie ermattet und Katarina bittet, sie allein zu lassen, da sie dringend zu tun habe. Sobald hinter Katarina die Tür zuklappt, sinkt sie auf den Küchenschemel und preßt die Fäuste an den von Zweifeln gemarterten Kopf. Übertreibt Katarina mit ihrer Schwarzseherei, oder hat sie recht? Welche Bosheit kann ihr das Mädchen antun, das jetzt in einer halben Stunde zum vereinbarten Treffen kommt? Hat sie etwas mit den Verhören und Geständnissen zu tun, wird sie vom wachsamen Auge der Obrigkeit verfolgt? Sie springt auf, läuft hinaus, blickt die Straße entlang. Alles ist ruhig: die Passanten sind in Gedanken versunken, mit ihren Angelegenheiten beschäftigt; aber das kann täuschen. Vielleicht lauert jemand unsichtbar im Schatten eines Haustors oder hinter einer Kastanie? Tante Ruža strengt ihre weitsichtigen Augen an: sie sieht nichts. Mit gesenktem Kopf und schlurfendem Schritt kehrt sie zurück, um auf den Termin des Treffens zu warten, vor dem sie sich fürchtet, als sei er das heimtückische Werk von Feinden.

Als der Gast und das Mädchen eintreffen, ist sie professionell beherrscht. Sie lächelt mit abgenutzter Grimasse, während sie verstohlen ihre Gesichter nach einem Zeichen des Verrats absucht. Und da sie das normale Aussehen dieser Gesichter halbwegs beruhigt, entläßt sie die Störenfriede in die Tiefe des Zimmers. Die Zeit ihrer Umarmung – eine Zeit, die sie einst geschickt zu nutzen wußte, um in der Nachbarschaft die nächste vorzubereiten – verbringt sie jetzt angstvoll auf dem Schemel vor der Tür und empfindet jedes Wort und jedes Rascheln wie einen Stich ins Herz. Erst wenn sich unter die Geräusche auch das Tappen bloßer Füße mischt und sie aufspringen kann, um den beiden Wasser zu geben, sie hinauszugeleiten, sie und die Gefahr, die sie bedeuten, möglichst weit wegzuschicken, findet sie zur Ruhe.

Aber da kommt mit wehendem schwarzem Witwenmantel bereits Katarina angelaufen, die hinter ihrer Gardine Ankunft und Weggang des Liebespaares beobachtet hat. Mit der meist unbestimmten Einschätzung von dessen Zuverlässigkeit bringt sie einen neuen Vorwand mit, über Gefahren zu debattieren. Und Tante Ruža, ermüdet und vorübergehend beruhigt und gierig nach Zeitvertreib, selbst wenn Sorgen das Thema sind, empfängt sie und hört ihr zu, saugt das Gift auf, an dessen aufreizende Wirkung sich ihr geschwächter Wille schon gewöhnt hat.

In der Stadt ist die Schwarze Vera eingetroffen. Sie war über zehn Jahre weg, und währenddem wußte und hörte man nichts von ihr. Dennoch scheint nun, wo sie zurückgekehrt ist, allen, sie wäre gar nicht fortgegangen. Vielleicht weil sich Vera in den zehn Jahren nicht verändert hat; nur ihre Situation ist eine andere, was sie jedoch nicht hindert, wieder Begegnungen mit Männern zu suchen.

Kurz vor dem Krieg hat sie sie in der gewundenen Majević-Straße empfangen, in einem ebenerdigen Mietshaus, dessen drittes Fenster auch jetzt die einstigen Bekannten auf der unwillkürlichen Suche nach Veras Vase hinter der Scheibe betrachten. Diese Vase ist eine wesentliche Stütze ihrer Erinnerung: sie verkörpert etwas von Veras findigem, aber trockenem und spöttischem Naturell. Eine einfache Töpferarbeit aus braunem glasiertem Ton ohne Dekor, darin drei künstliche Rosen mit staubigen Blütenblättern und kahlen Stielen aus rostigem, schwarzem Draht. Damals war für Veras Gäste diese unschöne Dekoration ein Zeichen, daß sie bei ihr eintreten konnten, denn sie stellte sie nur ins Fenster, wenn sie allein war, so wie ein Leuchtturmwärter das Licht entzündet, wenn die Einfahrt in den Hafen frei ist.

In diesem Hafen, ihrem ordentlichen Junggesellenzimmer, bot sie den Besuchern einen hochgewachsenen, dünnen Körper mit eingefallener Brust und schmalem, glanzlosem Gesicht dar. Sie schätzten diesen Körper, nicht wegen seiner kalten Schönheit, sondern wegen seiner zuverlässigen Dienstbereitschaft: er war immer an Ort und Stelle zu finden, man erkannte schon von der Straße aus, wann er frei war, und daß der Besuch, den man ihm abstattete, geheim bleiben würde. In diesem Respekt vor ihren menschlichen Tugenden, nicht vor ihrer Schönheit, lag zugleich der Keim von Veras Herbheit, jenes etwas schiefen Lächelns, mit dem sie die Vase mit den künstlichen Blumen hinstellte und wegnahm, die Tür öffnete und abschloß, das Hauskleid vom Hals bis zu den Füßen aufknöpfte und sich, die klaren schwarzen Augen weit geöffnet, auf die kahle Ottomane legte.

Denn der Schönheit wegen hatte sie im Haus ihrer Eltern auf dem Land beschlossen, mit einem geschwätzigen Handelsgehilfen in die Stadt zu fliehen; der Schönheit wegen hatte sie, als er sie verließ, den Mut, sich als Sängerin im »Dalmacija« zu verdingen; der Schönheit wegen, die ihr sonst nutzlos vorgekommen wäre, folgte sie Tante Ružas Einladungen. Doch es stellte sich heraus, daß der Verführer sie verließ, weil ihr Vater die erhoffte Mitgift nicht bieten konnte; daß ihr klarer Alt die Gäste im »Dalmacija« gleichgültig ließ; daß die Herren bei Tante Ruža nach anderen, vielleicht weniger schönen, aber weicheren, zur schnellen Liebe eher herausfordernden Mädchen verlangten. Sie liebte die Männer weniger als sich selbst, und sie spürten es unfehlbar.

Wegen dieser Mißerfolge mietete sie das Zimmer mit separatem Eingang in der Majević-Straße, so wie ein unzufriedener Geselle eine winzige, aber eigene Werkstatt eröffnen würde; sie richtete es karg, asketisch, aber ordentlich ein, so wie sie selbst war; knappe zwei Jahre empfing sie dort Gäste, kaufte für das verdiente Geld Kleidung aus guten Stoffen und legte den Rest beiseite.

Bei Kriegsausbruch verließ sie unverzüglich diesen Winkel, wohl darum, weil sich auf seinem Boden so viele Zugeständnisse abgelagert hatten, und kehrte ins Dorf zurück, um in unsicherer Zeit bei den Ihren zu sein. Aber gerade in dieser unsicheren Zeit heiratete sie den Chef des Bahnhofs, den der Dienst in ihr Dorf verschlagen hatte, einen dicken Spaßvogel, der von ihrem Leben in der Stadt nichts wußte, sich aber von Veras dunkler Schönheit, ihren guten Manieren und beträchtlichen Ersparnissen blenden ließ. An seiner Seite zog sie durch ein Dutzend ähnlicher Dörfer, erlebte den erneuten Umbruch und den Frieden und schließlich die Versetzung in die Direktion in Novi Sad, wo der erfahrene, aber nun schon bejahrte Eisenbahner Beamter in der Planabteilung wurde.

Also ist sie wieder hier, auf der Szene ihrer leichtsinnigen Mädchenträume und spärlichen Erfolge – eine Dame im neuerworbenen Einfamilienhaus mit zwei Gartenzwergen und einem Fliederbusch auf dem Grundstück. Aber an den Markttagen führt sie ihr Weg häufig durch die

Majević-Straße, und wenn sie – auch sie! – ihr einstiges Fenster sieht, scheint ihr, als sei sie einzig dort ihr eigener Herr gewesen. Dieser Gedanke ist kein Vorwurf an ihren weichen Mann, sondern an ihre untergeordnete Situation in einem Haus, das von einem Gehalt lebt und wo es für ihren starken Willen zu wenig zu tun gibt. Kürzlich hat sie ihren alten Bekannten Špiler getroffen und sich überreden lassen, ihn am Vormittag zu empfangen, und das hat sich sofort herumgesprochen, so daß die einstigen Kunden und hin und wieder auch ein Neuer bei ihr vorbeikommen.

Denn Vera ist immer noch schön – eigentlich schöner denn je: sie ist voller geworden, ohne geboren zu haben, so daß ihr dunkler Körper seine Festigkeit nicht verloren hat. Sie empfängt den Gast im dunkelblauen Hauskleid mit weißem Kragen, das an eine ehemalige Nonne erinnert, und etwas Entheiligtes ist auch in ihrer Position: nach einer Periode der selbstauferlegten Züchtigkeit kehrt sie zu ihrer eigentlichen Berufung zurück. Aber sie praktiziert sie mit der gewohnten Geschäftigkeit. Sobald sie den Gast in das mit Teppichen, Kissen und Gobelins weichgepolsterte eheliche Schlafzimmer eingelassen hat, schließt sie die Tür ab und macht die Fenstervorhänge dicht, nimmt die Tagesdecke vom Bett und stellt den Wecker beiseite. Dann fällt sie dem Gast mit sicherer Bewegung um den Hals, streift ihn mit dem schwarzen, nach häuslicher Seife duftenden Haar, um ihn loszulassen, sobald sie spürt, daß seine Leidenschaft erwacht. Dann zieht sie hastig das dunkle Kleid aus und läßt sich aufs Bett fallen. Der Gast, der sich auf sie legt, erfährt die Erfüllung seines Wunsches, aber der Reiz verfliegt: mit der Bewunderung für Veras schlanken und dennoch vollen Körper, in den er eindringt, erfährt er, daß dieser Körper kalt und berechnend ist.

Nach der Umarmung stehen sie auf wie zwei Geschäftspartner. Vera steckt sich zwar das verdiente Geld am Oberschenkel in den Strumpf, aber das ist eine routinierte Geste ohne jede Koketterie. Sie ist zufrieden, sie weiß, was sie für das Geld kaufen wird, und sie weiß, daß ihre Schönheit nicht umsonst ist. Der Ehemann hat sie nur gepachtet, nicht gekauft: sie wird ihn befriedigt, ja dankbar mit dem Mittagessen empfangen. Und der Gast wird wiederkommen, sobald er sich an zwei, drei heißen Stromerinnen gesättigt hat – er wird wiederkommen, obwohl er jetzt stumm und enttäuscht nach seinem Anzug greift. Alle sind enttäuscht, aber alle kommen wieder: das ist Veras bittere geschäftliche Erfahrung.

Schon seit Tagen denkt Dević beunruhigt an Emina. Er taxiert die Geschwindigkeit – beziehungsweise Langsamkeit – der Behördenpost, um sich auszumalen, ob das Mädchen schon vor den örtlichen Richter geladen wurde, der ihr mitteilen wird, daß sie ins Gefängnis muß. Aber hinter dieser Frage reihen sich andere und drängen in den Vordergrund: Wie wird sie die Nachricht aufnehmen? In welche Ungelegenheiten, in welche Verzweiflung wird sie geraten? Was wird sie unternehmen, um der Strafe zu entgehen oder sie wenigstens abzumildern? Er ruft sich Eminas ernstes, nachdenkliches, hingebungsvolles Gesicht in Erinnerung und findet keine Antwort.

Er muß zu Envera gehen.

Es ist ein Mittag im Mai, Wärme umfängt den Hof im Haus gegenüber dem Brunnen und verwandelt ihn in einen Krater, der von diffusem Licht, Stimmengewirr, Kindergerenne, Essensgerüchen überquillt. Die Türen der Einzimmerwohnungen sind weit geöffnet: überall sieht man Frauen in Schürzen, das Haar an den Schläfen verklebt, den Kochlöffel oder Putzlappen in der Hand. Devićs Auftauchen, sein reifes Gesicht, sein graumeliertes Haar, sein ordentlicher brauner Kammgarnanzug sind ein Ereignis, das wie ein Lauffeuer von Tür zu Tür eilt. Er aber geht scheinbar ruhig auf sein Ziel zu, fast düster in der Würde seiner hochherzigen Mission.

Im Hintergrund des Hofs findet er Envera,

die atemlos vor Arbeit und bleich von der Hitze auf den flachen Stufen zum Eingang steht. Unten blickt ihr kleines Mädchen, das gerade laufen gelernt hat, neugierig um sich. Auch Dević bleibt hier stehen, um dem Hof die Redlichkeit seiner Absichten zu verdeutlichen, aber auch, um ihm zu trotzen; er führt das Gespräch leise, in halben Worten und Halbsätzen, ohne Gesten, die einem fremden Auge seinen Inhalt und Envera Devićs innere Anspannung verraten könnten.

Devićs Beweggründe sind Envera übrigens gleichgültig, denn sie interessiert sich für die Leidenschaft eines anderen nur, wenn diese Leidenschaft auf sie selbst gerichtet ist. Sie steht da in ihrer zu kurzen, nachlässig um den nackten Körper gewickelten Kittelschürze, sie schaut mit Augen, die ohne Erinnerung an die einst mit Dević erlebten heißen Augenblicke sind, und bestätigt bloß beiläufig, fast zerstreut seine Gewißheiten und Ahnungen. Ja, das Urteil ist der Heimatgemeinde zugestellt worden. Ja, Emina wird höchstwahrscheinlich dort ihre Strafe absitzen müssen. Ja, das ist sehr unangenehm, sie ist im Ort bekannt und wird in Verruf geraten. Dabei ist der Richter ein guter Bekannter von ihnen, er wohnt nur drei Häuser weiter – das ist das einzige, was sie von sich aus hinzufügt, ob aus Angeberei oder um Devićs Furcht zu bekräftigen, bleibt unklar.

Dević jedenfalls macht diese Gleichgültigkeit noch unruhiger. Sie zeichnet die Gefahr ab, die er ahnte, als er sich zu Envera aufmachte: Emina, von der Strafe gebrandmarkt, wird in den flachen Morast des kleinstädtischen Getuschels, der Hilflosigkeit, der kleinen Bosheiten, des Mißbrauchs stolpern, sie wird sich im klebrigen Gewebe der Spießergerechtigkeit mit ihren tyrannischen Grobheiten, ihrer erpresserischen Gier verstricken, sie wird sich niemals befreien können, oder bespien, mißbraucht, abgestumpft, verändert daraus hervorgehen. Verändert, nicht mehr so, wie er sie hatte – nicht lange genug –, nicht mehr die Seine, obwohl er – das sieht er jetzt, da er sie verliert – seinen Hunger auf sie nicht restlos gestillt hat.

Er ist hergekommen, um Erklärungen zu erhalten, aber nun muß er sich selbst erklären. Ohne Rücksicht auf den Eindruck, den er hinterläßt, gestikulierend und mit erhobener Stimme versucht er Envera davon zu überzeugen, daß es für Emina der Untergang wäre, wenn sie zu Hause bliebe, daß man die junge Frau vor der Schande bewahren, ihr die humaneren Bedingungen einer zivilisierten Stadt mit wohlgesinnten Menschen bieten muß, unter denen es – schließlich und endlich – auch solche gibt, die sie beschützen. Letzteres begründet er nicht, ihm ist nur eingefallen, daß er jemanden finden könnte, der ein gutes Wort beim Richter einlegt, oder einen Anwalt engagieren, dem er vorflunkern würde, daß das gefallene Mädchen Emina eine Verwandte von ihm sei – aber Envera fragt gar nicht nach Einzelheiten. Mit abwesendem Nicken billigt sie alles, was Dević sagt, schilt hin und wieder das kleine Mädchen, das ihr mit klebrigen Fingern die Schürze beschmutzt, und horcht besorgt auf das Prasseln des Fetts auf dem Herd. Dević sieht ein, daß er sich in nichts auf sie verlassen kann.

Er entschließt sich und steigt seufzend in die Küche hinauf. Setzt sich an den Tisch voller Geschirr, reißt ein Blatt aus dem Notizbuch und verfaßt mit verstellter Schrift (für alle Fälle) einen markigen Brief. »Emina! Du bist zu dreißig Tagen Haft verurteilt. Du mußt *sofort herkommen*, sonst sperren sie Dich *dort* ein. Hier kannst Du Dich verteidigen. Dević.« Dann fragt er nach Eminas Adresse, und während er zum erstenmal ihren Vor- und Nachnamen hinschreibt, erfüllt ihn angenehme Wärme. Das macht ihn verlegen, und er geht eilig fort, die Augen gesenkt, gepeitscht von den Blicken der Hausfrauen.

Erst auf der Post, wo er die Adresse mit Druckbuchstaben auf ein gekauftes Kuvert überträgt, fällt ihm ein, daß Emina nicht das Geld für die Reise haben dürfte. Er nimmt also den Zettel aus dem Umschlag, fügt hinzu: »Das Geld für die Fahrkarte folgt«, und füllt mit einem Gefühl großzügiger Befriedigung eine Anweisung über zehntausend Dinar aus. Dieses Geschenk wird Emina sicher rühren und sie noch fester an ihn binden. Und mit diesem Geld hat er für ihre Rückkehr gesorgt, sie wird nicht die Stirn haben, es für etwas anderes auszugeben. Er wird sie, die Verträumte und Folgsame, wieder neben sich haben. Und nachdem er sie beschlafen hat wie früher, wird er sie eingehend nach der Schuld befragen, die ihr zur Last gelegt wird, und ihr vielleicht wirklich helfen können.

Der Uhrmacher Špiler betritt die Straße wie ein Flüchtender, der von einer Brücke springt. Mit gespannten Muskeln und vernebeltem Bewußtsein. Verzweifelt, weil er keine Wahl, und selig, weil er einen Ausweg hat. Mit Stunden zermürbender Unruhe hinter sich, mit der Hoffnung, schmerzliche Beruhigung zu finden. Er bleibt auf dem Gehweg stehen wie ein Springer an einer Wasserscheide und überlegt, welches Ufer näher ist, welches er eher erreichen kann. Aber das ist immer ungewiß; er muß sich instinktiv entscheiden.

Heute hat er sich für Paulas Mansarde entschieden, selbst um den Preis, sich einem Skandal auszusetzen. Er geht die Zmaj-Straße auf der Paulas Haus gegenüberliegenden Seite hinunter, weil er einen Bogen um den ganzen Block schlagen will. Aber seine gierigen Augen suchen auch im Gehen und treffen an der Ecke vor dem Galanteriewarengeschäft auf Nataša, ein Mädchen, das er seit zwei Jahren nicht gesehen hat. Er bleibt wie angewurzelt stehen und schaut sie an.

Sie stand da mit einem jungen Mann in abgetragenem Anzug, hörte zu, was er ihr sagte, und wiegte dabei kaum merklich ihren unruhigen, geschmeidigen Körper mit dem kleinen Kopf, aus dem ein Stupsnäschen ragte und den das blondierte Haar eines Mannequins umwehte. Sie erinnerte noch immer an das, was Špilers Begehren einst wachgehalten hatte: an eine Puppe, die indes kein Gegenstand war, sondern Fleisch und Blut, und zwar auf eine harmonische, hübsche, appetitliche Weise, die Zärtlichkeit und zugleich Grobheit herausforderte. Er wartete ein wenig, um zu sehen, ob auch sie ihn bemerkte, und als er die Geduld verlor, ging er dicht an ihr vorüber, wobei er ihr einen langen Blick zuwarf.

Sie fing diesen Blick auf und zwinkerte mit den emailblauen Augen, ohne daß es der Junge bemerkte. Nach vielleicht einer Minute, die Špiler unerträglich lang vorkam, verabschiedete sie sich von ihm und bog mit wiegendem, aus Filmen abgeguckten Gang um die Ecke in die Zollstraße ein.

Špiler folgte ihr in einigem Abstand und musterte sie hingerissen und ungläubig in allen Einzelheiten wie etwas, das er bald besitzen würde, und als er die Spannung nicht mehr ertrug, holte er auf und sprach sie an. Er fragte nicht, wo sie so lange gewesen war, obwohl er gerade das im Sinn hatte, sondern ob sie einen Ort wüßte, wo sie zusammensein könnten. Als er sah, daß er sie mit seiner Hast überrumpelt hatte, fügte er hinzu, er habe selbst eine Bekannte in der Nähe – er meinte Paula –, aber ihre Wohnung stünde vielleicht unter Beobachtung.

Nataša hatte sichtlich Zweifel, aber Špilers Blick beschwor sie, eine Lösung zu finden. Und vielleicht brachte dieser heiße Blick sie auf den Gedanken an das Geld, das sie ihm abnehmen konnte: ihre gebogenen Brauen zuckten, sie schürzte den herzförmigen Mund und teilte ihm mit, sie habe eine Freundin, bei der sie wahrscheinlich unterkommen könnten.

In schweigendem Einverständnis trennten sie sich sogleich, um nicht aufzufallen, er mit schiefem Lächeln, sie mit stolzem Kopf- und Schulterzucken, und gingen wie ein heimliches Tandem dem Ziel entgegen, das nur sie kannte. Sie gelangten aus der Zoll-Straße in die um diese Mittagszeit menschenleere Prešeren-Straße, und Špilers Herz schlug höher, als Nataša vor einem alten niedrigen Haus haltmachte und hineinging.

Er tat, als wolle er an dem Haus vorübergehen, dann, als sei ihm etwas eingefallen, kehrte er um und betrachtete das Gebäude, das er bald betreten würde: das schmale, staubgraue Tor, das herabgelassene Rollo eines Geschäfts, dessen gerippte blecherne Oberfläche in Kopfhöhe ein quadratisches Fensterchen hatte, und er kalkulierte gleich einem Hasardeur vor dem Spielkasino, wie hinter diesem Zeichen der Bewohntheit jener separate Raum aussehen mochte, in dem er Nataša entkleiden und zusehen würde, wie sich die Puppe in gehorsames Fleisch verwandelte. Er wartete auf ihr Zeichen.

Statt dessen kam sie selbst direkt auf ihn zu. Etwas stimmt nicht, schloß er sofort, als er ihre gerunzelten dünnen Augenbrauen sah. Sie sagte, die Freundin wolle gerade weggehen und könne sie erst in einer halben Stunde empfangen. Aber den

Schlüssel habe sie bereits, fügte sie hinzu und zeigte ihm das Bund auf der flachen Hand. Wenn er also wolle, werde sie ihn zum genannten Termin in dem Zimmer erwarten, in das man gleich hinter dem Tor gelange. Während Špiler noch überlegte, ob er dem Aufschub zustimmen sollte, fuhr sie vertraulich fort: die Freundin verlange Vorauszahlung für das Zimmer. Zur Erklärung der seltsamen Forderung sagte sie achselzuckend: »Sie wissen schon, die Frau will sich absichern.«

Špiler war sofort bereit, denn Geldgeben war das, wonach er strebte – als Pendant zu seiner Gier. Er griff in die Tasche und legte ihr ein paar Scheine in die Hand mit den Schlüsseln. Nataša drückte hastig seine heißen Finger und schenkte ihm einen verschleierten Blick. Dann murmelte sie bittend: »Du kommst doch bestimmt und läßt mich nicht sitzen«, und Špiler nickte mit einem Ausdruck echten Kummers, den er nicht verbergen konnte. Er blickte ihr nach, als sie wegging: dünn, sich in den Hüften wiegend, wieder nur eine hoffnungslos unerreichbare Puppe.

Er wußte nicht, was tun bis zum Treffen. Beschloß in die Werkstatt zurückzukehren, weil ihm dort die Zeit am schnellsten vergehen würde. Als er eintraf, kontrollierte er die Arbeit seiner Gesellen und machte dem einen kleinliche Vorhaltungen, um die ihm verbleibende Frist auszufüllen. Als er auf die Uhr sah und feststellte, wie lange er sich aufgehalten hatte, geriet er in Panik. Er eilte davon und kam schweißgebadet und auf die Sekunde pünktlich vor dem Haus in der Prešeren-Straße an.

Er trat in den Hausflur und sah die Tür, aber sie war mit einem Vorhängeschloß abgesperrt. Er begriff nicht, wie das sein konnte, und hämmerte gegen die Tür. Dann erschrak er vor dem Lärm und verließ den Flur. Aber auf der Straße war niemand, am allerwenigsten Nataša. Er ging hin und her, sah in Abständen auf die Uhr. Als fünfzehn Minuten vergangen waren, öffnete er das Haustor, um sich zu vergewissern, daß das Vorhängeschloß an seinem Platz und verriegelt war. Nach zwanzig Minuten beschloß er, nicht länger zu warten, nach fünfundzwanzig Minuten machte er sich auf den Weg nach Hause.

Er machte sich erschöpft, verbittert auf den Heimweg zu seiner Frau, die ihn fragen würde, was es Neues im Geschäft gab, und der er, unbefriedigt wie er war, würde antworten müssen. Aber noch dachte er nicht an seine Frau. Er dachte, während er Passanten anrempelte, ernüchtert über Natašas Wortbruch und die eigene Leichtgläubigkeit nach. Sie hatte behauptet, der Zutritt zu der Freundin sei nicht möglich, weil diese eben weggehen wollte, und er war nicht auf die Idee gekommen, daß gerade das die Chance für sie beide gewesen wäre, ungestört in der Wohnung zu verweilen. Sie hatte ihm die Schlüssel gezeigt und dennoch das Treffen auf später verschoben, da indessen die Schlüssel nicht mehr notwendig gewesen wären (oder doch?

Er war sich nicht sicher). Sie hatte ein Trinkgeld verlangt, war aber nicht ins Haus zurückgekehrt, um es abzuliefern.

Unerklärlich blieb ihm nur ihre Beflissenheit beim Abschied, jene besorgte Frage: »Du läßt mich doch nicht sitzen?« Er berauschte sich an diesem liebenswerten Zeichen persönlicher Zuneigung, dann schüttelte er es ab, nahm es wieder an – bis er Ekel vor sich selbst empfand. Er hatte fast sein Haus erreicht und dachte jetzt erst an seine Frau. Aber er wußte: hätte es nur einen Funken Hoffnung gegeben, er wäre augenblicklich umgekehrt, um auf Nataša zu warten, Stunden um Stunden, so lange, wie auch immer nötig.

Sechs Wochen nach dem Tod ihres Mannes legt Katarina die Trauerkleidung noch nicht ab. Von dem, was sie beim Begräbnis getragen hat, sind einige dicke und schwere Teile durch Leichteres, aber wiederum Schwarzes ersetzt worden, das sie mit dem aufgrund des Totenscheins von der Sozialversicherung erhaltenen Geld finanziert hat.

Die dunklen Stoffe betonen ihre Magerkeit, die schwarzen Seidenstrümpfe jeden Knoten der sehnigen Beine; wenn sie tagsüber in der sonnendurchfluteten Smiljanić-Straße jemandem so begegnet, muß er erschrecken. Aber Katarina geht tagsüber nur kurz zum Einkaufen aus; zur Zeit ihres öffentlichen Auftretens wirkt dagegen das Schwarz ganz anders.

Es ist die Zeit der Dunkelheit, der elektrischen Lampen, der verlängerten Schatten. Mit lautlosem Wolfsschritt, mit gelben, im diffusen Licht glänzenden Augen erscheint sie auf dem Hauptplatz und schleicht an den Mauern der hohen Häuser mit den blinkenden Fenstern der Geschäfte, Cafés und Kinos entlang. Sobald sie bemerkt, daß ein Mann sie anstarrt, macht sie ihm große, verständnisvolle Augen und biegt in die nächste Seitenstraße ein, wo sie ohne Zeugen angesprochen werden kann. Von dort geht sie mit dem begehrlichen Schüler oder dem Arbeiter, der gerade seinen Wochenlohn bekommen hat, zu Miluška auf ein schnelles, billiges Treffen, das sie nicht hindern wird, zur Krönung des Tages zu gelangen –

dem späten Abend, dem Triumph ihrer schwarzen Gewandung.

Von Miluška kehrt sie ins Zentrum zurück und betritt das Warenhaus. Hier ist es jetzt bereits ruhig: das tagsüber lebhafte Geschäft läßt allmählich nach; die müden Verkäuferinnen schlüpfen, die Ellenbogen auf den Tresen gestützt, verstohlen aus den Schuhen, während sie die letzten Kunden vor Ladenschluß bedienen. Aber in der Büfettetage herrscht bis zum Schluß Betriebsamkeit – die Einsamen der Stadt und die Handelsreisenden, die ihre Abschlüsse getätigt haben, genehmigen sich an der Theke oder an den Stehtischen Schnaps und Salami, bevor sie ihre trostlosen Zimmer aufsuchen. Katarinas Auftritt wirkt hier wie ein Stromstoß. Ganz in Schwarz geht sie zur Kasse, löst einen Bon, nimmt eine Tasse Kaffee von der Theke und nähert sich einem der Stehtische, während ihr feuchter Blick über die Anwesenden wandert. Wenn sie zu jemandes Füßen eine pralle Aktentasche entdeckt, ist ihre Aufmerksamkeit gefesselt, und ihr Blick saugt sich an dem Fremden fest wie ein Blutegel; er wird sich nicht lösen oder abwenden, bis sie das Zeichen erhält, daß der Fremde, sobald sie die Straße betreten, ihr folgen wird.

Und sie bekommt das Zeichen ganz sicher: der Fremde wird dem Anblick der schwarzgekleideten Frau mit dem gespenstisch hageren Gesicht nicht widerstehen, die sich ihm schamlos anbietet. Sobald er Katarina anspricht, wird er übrigens zu seiner Beruhigung erfahren, daß sie wirklich trauert, und zwar um ihren erst kürzlich verstorbenen Mann. Wer ihr trotzdem nicht ganz glaubt, dessen Zweifel wird die Wohnung des Buchhalters zerstreuen, in die man ihn führt, eine Wohnung mit alten gutbürgerlichen Gegenständen und mit dem schwarzumflorten Porträt des Verstorbenen, unter dem er ins Bett gelegt wird, nicht ohne die Warnung, keinen Lärm zu machen, weil die Nachbarn jenseits der dünnen Wand das Verhalten der jungen Witwe boshaft belauern.

Während er auf ihr schaukelt wie in einem Boot mit ausladenden Rippen, wird ihm Katarina heiser flüsternd von ihrem neuesten Vorhaben erzählen, das ihm unbehelligteres Vergnügen verheißt: sie hat ein Inserat aufgegeben zum Tausch ihrer Wohnung gegen eine kleinere, ohne Mitmieter und mit separatem Eingang.

Bei Envera geht es zu wie an einem Wallfahrtsort: Emina ist aus Bosnien eingetroffen. Die Nachbarinnen lassen alles stehen und liegen und kommen in der Schürze, die Kinder auf dem Arm, um die Heimkehrerin zu sehen: sie fragen, begucken sie und ihre Sachen, drängen sich um sie, wollen sich nicht setzen, setzen sich doch, schelten und verhauen die Kinder, die keine Ruhe geben. Auch die Schicksalsgenossin Roksa trifft ein, um dem konfusen Geschwätz die Strenge ihrer Neuigkeiten und Ratschläge beizufügen.

Emina ist betäubt vom Schlafmangel und vom Andrang neuer Gesichter. Obwohl sie mit dem Morgenzug angekommen ist, hat sie am Mittag noch nicht ausgepackt, sich nicht umgezogen, nicht gewaschen, nichts gegessen. Es ging nicht, und sie hatte auch keine Energie dazu. Sie sitzt wie beim Fotografen auf einem Bänkchen, umgeben von verstreuten, flüchtig aus dem Reisekorb gezogenen Kleidern; sie reicht Hände und Gesicht zum Gruß, verdreht kläglich die Augen.

In den zwei Wochen ihrer Abwesenheit hat sie zwei starke Erlebnisse gehabt: einmal die Erleichterung, dem Ort entflohen zu sein, wo sie gesündigt und Strafe auf sich gezogen hat – noch nie war es für sie so köstlich, bei der Mutter in dem Städtchen zu sein, wo sie jeder als arm, aber ehrlich kennt; und dann den Brief von Dević, der ihr klarmachte, daß die Strafe unvermeidlich war und sie ihr Versteck verlassen mußte, um sich ihr zu beugen. Zu Hause hat sie niemandem von diesen Erlebnissen erzählt; jetzt fällt sie in das andere Extrem einer gereizten Vertraulichkeit.

Sie verrät nun das schmachvolle, behütete Geheimnis, um dessentwillen sie so plötzlich hergereist ist, auch denen, die es nicht zu wissen brauchen, den Nachbarinnen der Schwester, und das mit der Schamlosigkeit einer unheilbar Kranken. Als habe sie mit dem heimatlichen Frieden und der Möglichkeit einer Rückkehr gebrochen, als setze sie diese ganze Stadt Novi Sad mit ihrer Sünde und deren Folgen gleich, stachelt sie Roksa an, den Versammelten ihrer beider Lage zu erklären und zu bezeugen, wie unschuldig sie, Emina, in diese Lage geraten ist, wie wenige Gäste sie empfangen hat – wobei sie nicht bemerkt, daß sie sich gerade mit dieser Rechnung öffentlich erniedrigt.

So wird sie von Dević angetroffen, der in den letzten Tagen regelmäßig bei Envera vorbeischaut, um Neues zu erfahren. Er ist entsetzt über Eminas Verhalten und noch mehr über die neugierige Menge, die sie um sich versammelt hat, und sein erster Gedanke ist, wortlos wegzugehen. Aber sie sieht ihn strahlend mit ihren Rehaugen an, und darauf hat er seit Wochen gewartet – er hat es sich als Belohnung für seine Opferbereitschaft und Geduld versprochen. Er bittet sie vor die Tür und verabredet ein Treffen für den Abend.

Dieses wird rechtzeitig in Miluškas Souterrainwohnung angemeldet und vorbereitet, wo sie sicherlich lange ungestört verweilen können. Dević erwartet ein gerührtes Beisammensein voller Erinnerungen, Trauer, Ahnungen. Aber Emina trifft am frühen Abend direkt nach den ermüdenden Gesprächen ein, die sich über den ganzen Tag hingezogen haben; ihre Gedanken sind erfüllt von Reue wegen des Vergehens und von Angst vor den Ungelegenheiten, in die sie bei Wiederholung geraten könnte. Sie sieht sich furchtsam in der schlechtbeleuchteten Küche dieser fremden Wohnung um, weicht vor Miluškas Schnapsatem zurück; im Zimmer betastet sie angeekelt das Bettzeug und kontrolliert, ob die Gardinen fest geschlossen sind. Dević redet ihr vergebens ein, daß das eine normale, abgelegene Familienwohnung ist – was zu Miluškas Leidwesen seit langem stimmt –; er kann Eminas Gefühl nicht täuschen, daß sie zu der Schuld zurückgekehrt ist, vor der sie fliehen wollte.

Sie möchte noch immer darüber sprechen, auch als Dević sie umarmt: sie flüstert ihm ins Ohr, daß sie sich lieber umbringen würde, als mit ihrer Schande vor die Richter zu treten. Er weiß, sie wird es nicht tun, sondern wie andere, von der Gesellschaft geächtete Frauen die Erniedrigung ertragen.

Dennoch erschreckt ihn die Aufrichtigkeit ihrer Verzweiflung, und er schüttelt sich bei dem Gedanken, welcher Blamage er sich aussetzen würde, falls er, wie beabsichtigt, persönlich zu ihren Gunsten bei Anwälten und Funktionären der Macht vorspräche. Er sieht, daß die Solidarität mit ihr, die er aus Begierde geplant hat, eine Täuschung ist, und daß ihm nur übrigbleibt, sich auf die Begierde zu konzentrieren, die nunmehr erfüllbar ist.

An jedem späten Nachmittag drängt sich Mara, genannt die Schlampe, durch den Haufen junger Müßiggänger, die den städtischen Korso verstopfen. Klein und rundlich, schreitet sie munter dahin im kaffeefarbenen Kostümchen und Hütchen, die harmonisch ihre dunkle Haut umrahmen; die unter der Brust gefalteten behandschuhten Hände schwenken ein Täschchen aus hellkastanienfarbenem Leder; die runden schwarzen Augen blicken vertrauensvoll in die Welt.

Mara kommt ins Café, begrüßt lauthals die Garderobiere und den Kellner; auf die Zehenspitzen erhoben, mustert sie die Tische wie eine fröhliche Gärtnerin am Morgen ihre Beete, geht hin, um das Jäckchen abzugeben, und kommt in weißer Bluse, die ihre festen Brüste streichelt, und im Rock, der sich um ihre reifen Hüften spannt, zurück, um ihren Platz in der Mitte des Saals einzunehmen.

Sie bestellt Kognak oder Kaffee, schwatzt mit dem Kellner übers Wetter oder über einen Streit vom Vorabend und wirft dabei ermunternde Blicke zu den Nachbartischen. Wenn ihr ein in der fremden Stadt einsamer Handelsreisender oder ein liebeshungriger junger Mann fragend zunickt, lädt sie ihn freundlich an ihren Tisch ein, erlaubt ihm, das Getränk zu bezahlen, und falls sie sich einig werden, bringt sie ihn unter lebhaftem Gespräch in eines der gastfreundlichen Häuser, zu Paula oder Tante Ruža.

Oder in die eigene Wohnung, falls sie es eilig hat, oder wenn bei den Kupplerinnen eine unsichere Atmosphäre herrscht – wie es gerade jetzt der Fall ist. Nur wird sie dann den Gast bitten, ihr die Unordnung nicht zu verargen, die, wie sie eingesteht, bei ihr entsetzlich ist.

Die Warnung ist nicht übertrieben, sondern eigentlich nur eine blasse Andeutung dessen, was der Fremde sehen wird. Dieses Etwas befindet sich unweit des Zentrums, aber in einer schmalen und staubigen Seitenstraße mit türkischem Pflaster in der Mitte und beschädigten Trottoirs an den Seiten, in einem lange nicht verputzten Haus ohne Tor, und dann, im Hof, hinter einer schiefen Tür, die nicht einmal ein Schloß hat; vielmehr ist durch dessen einstigen Rahmen – ein Loch mit fransigen Rändern – ein vom vielen Anfassen schwarzer Bindfaden gezogen. Was Mara nicht hindert, dieses prähistorische Patent mit zwei behandschuhten Fingern zu betätigen und dem Gast mit einem Lächeln aller ihrer weißen Zähne den Vortritt beim Überschreiten der Schwelle zu lassen.

Erst dann erhellt sich ihm die ganze Bedeutung der Warnung. Im ersten Raum, der Küche, steht nur ein verrußter kalter Herd, im zweiten herrscht Dämmerung, weil das während der Verdunklungen im vergangenen Krieg angebrachte blaue Papier noch immer an den Fenstern klebt; hier gibt es zwei Betten ohne ein einziges Stück Bettzeug, einen Schrank, hinter dessen offener Tür

Leere gähnt, und einen dreibeinigen Stuhl, der an der Wand lehnt, damit er nicht umfällt. Gewöhnlich halten sich hier Maras Kinder auf: ein blasser Junge und ein pausbäckiges, der Mutter sehr ähnliches Mädchen – barfuß und nacktärschig in ihren zerrissenen Unterhöschen.

Mara, die schlampig, aber nicht herzlos ist, fühlt sich an ihre Mutterpflichten erinnert. Sie entschuldigt sich bei dem Gast, zieht die Handschuhe aus und klemmt sie zusammen mit dem Täschchen unter den Arm, greift einen Brotkanten vom Küchenfenster, teilt ihn mit dem Messer, das sie schwungvoll vom Boden aufhebt, in zwei Hälften und bestreicht diese mit Schmalz aus einem Topf auf dem Herd. Um die Kinder für längere Zeit loszuwerden und ihnen etwas Liebes zu tun, bittet sie den Gast mit flüchtigem Lächeln, ihnen ein bißchen Geld für Eis zu geben. Mit ernster, stummer Erwartung beobachten die Kinder die Hand, die in die Jackettasche greift, nehmen das Geld mit schmutzigen Fingern entgegen und laufen ohne ein Wort des Dankes fort.

Danach tänzelt Mara zur Eingangstür, zieht den Bindfaden durch das Loch anstelle des Schlosses und befestigt ihn an einem Nagel im Türrahmen. Sie lächelt – ihre dichten Zahnreihen leuchten milchweiß – und bittet den Gast aufs Zimmer. Täschchen und Handschuhe legt sie beiseite und weist mit einladender Geste auf die nur mit einem groben Flickenteppich bedeckten Betten. Gleich nachdem sie sich mit zwei, drei hübschen Bewegungen entkleidet hat, wird sie sich im weißen, spitzenbesetzten Seidenunterrock hinlegen, der ihren Körper freigibt: dunkel, fest und glänzend wie das Brot, mit dem sie ihre Kinder beschenkt hat.

Im Grunde schwärmte Emina nicht für Dević, sondern für sein Heim: den großzügigen Eingang, das helle Vorzimmer, die gepflegten, vor Sauberkeit strahlenden Zimmer. Untrügliche Merkmale des Reichtums: die straffe, frischgepolsterte Couch, der Lüster aus geschliffenem Glas, die Bilder an den Wänden, die Teppiche, in denen der Fuß versank.

Natürlich war sie in jener ersten Nacht ganz damit beschäftigt gewesen, Devićs Wünschen zu willfahren, und nicht dazu gekommen, alle Gegenstände zu betrachten, viele auch nur zu bemerken – aber sie waren dort, umgaben sie, drängten sich auf, prägten sich ihrem Gefühl ein. Und diese Gegenstände, die nicht nur zum Gebrauch dienten, sondern auch zur Verschönerung der unter ihnen verbrachten Augenblicke, hatten, wenn auch nicht bis zum letzten deutlich, ihren luxuriösen Sinn auf den Menschen übertragen, dem sie gehörten, und so hatte Emina den Eindruck, daß Dević als erster unter den Männern sie nicht aus Bedürfnis nahm, sondern zu seinem Vergnügen als glücklicher Besitzer von Reichtum. An ihn, den Reichtum, waren jene Worte gerichtet: »Ach, wenn ich so einen Mann hätte ...«

Jetzt sind solche Gegenstände nicht mehr um sie: mit Dević trifft sie sich hastig und schweigend in Miluškas Souterrainzimmer auf der klammen und von vielen Berührungen blankgewetzten Ottomane, so daß sie sich für keine Sekunde von dem

Unbehagen befreit, das sie den ganzen Tag, selbst im Schlaf, verfolgt. Dennoch pflegt sie diese Begegnungen, und jeden Abend, wenn sich die Schatten auf die Stufen vor Enveras Küche legen, überfällt sie Unruhe, denn sie weiß, das ist die Stunde, da Dević kommen wird, um sie abzuholen. Jener ursprüngliche Zauber ist noch da und will gebraucht werden, und sie unterwirft sich ihm blind und glücklich, verschleißt ihn und damit sich selbst.

Aber später, wenn sie allein Miluškas Souterrain verläßt und durch das enge Haustor unter den Himmel tritt, der sich in der bloßen halben Stunde seit ihrem Kommen verdunkelt hat, und sich durch die Menge der vom Abend auf die warmen Straßen gelockten Spaziergänger nach Hause begibt, begreift sie den ganzen Widerspruch zwischen dem Zauber der eben stattgehabten Umarmung und ihrer jetzigen Einsamkeit. Sie begreift, wie nutzlos und welche Vergeudung ihre Jagd nach der Liebe ist, wie sehr ihre Bemühungen, sie zu erhalten, die Liebe selbst von ihr entfernen.

Noch hat sie nicht aufgegeben, noch will sie nicht verzichten, sondern lechzt mit dem Instinkt der Hungernden nach der nährenden Quelle dieser Liebe. Ihr Wunsch ist es, noch einmal, nur noch ein einziges und letztes Mal mit Dević in seiner Wohnung zusammenzusein.

Botschaften gehen durch die Stadt. Auf handtellergroßen, von Kalendern oder Briefen abgerissenen Papierfetzen, mit ungelenker Hand beschrieben. *Der Herr möchte Bekanntschaft schließen. Tante R.* Der magere Text enthält keine Information oder Erklärung, wie man meinen könnte: er ist nur eine Losung, ein Erkennungszeichen.

Mit solchen Zetteln schickt Tante Ruža bessergestellte Gäste zu schüchternen Frauen, die nur zum Rendezvous bei sich daheim bereit sind. Zu dieser Art Vermittlung entschließt sie sich ohne ihren sonstigen geschäftlichen Eifer, denn sie weiß, daß der Gast die neue Bekannte weiterhin besuchen wird, sofern sie ihm gefällt, ohne Tante Ruža darüber zu informieren, also auch ohne sie zu entlohnen. Aber wenn gerade kein Mädchen zur Hand ist und der Gast ungeduldig vor ihr steht und bereit ist, falls er bei ihr nichts erreicht, zur nächsten Kupplerin zu gehen, greift sie mürrisch nach dem Stift, kramt ein Stück Papier hervor und ermöglicht diese eigentlich irreguläre Begegnung, so wie ein Händler manchmal seine Ware verschenkt, um den Kunden nicht der Konkurrenz zu überlassen.

In diesen Maitagen gelangt die Botschaft zu Frau Simka, die nach zwanzig Jahren braver Ehe von ihrem Mann wegen einer übelbeleumdeten jungen Person verlassen wurde. Simka versteht sich nur auf die Arbeit der Hausfrau und hat keine

Ersparnisse, muß aber einen großen Kredit abzahlen, den sie nichtsahnend aufgenommen hat, um ihre Garderobe zu ergänzen. Nachdem sie mit ihrer traurigen Neuigkeit tagelang die Runde bei Nachbarinnen und Bekannten gemacht und außer seelischer Erleichterung nichts dabei erreicht hat, trifft sie bei ihrer Schneiderin Frau Nata auf Tante Ruža. Als die beiden ihr vorhalten, sie könne nützliche Beziehungen mit Männern eingehen, die man ihr empfehlen würde, ist sie entsetzt, stimmt aber wegen ihrer Kreditverpflichtungen im Prinzip zu, eine dauerhafte Verbindung mit einem seriösen Herrn aufzunehmen, unter der Bedingung, ihn vorab in der Ruhe und Sicherheit ihres Hauses als solchen zu überprüfen. Tante Ruža schickt ihr jetzt einen Kandidaten nach dem anderen, und Frau Simka, gefangen in der Falle ihrer halben Zustimmung und ihrer Schwäche infolge der Einsamkeit, erliegt den Versuchungen.

Der Unbekannte reicht ihr Tante Ružas Briefchen auf der Schwelle der kleinen, einst ehelichen Wohnung, deren dem neugierigen Hof zugewandte Fenster mit gestärkten bunten Gardinen verhängt sind. Um bis zu diesen Gardinen vorgelassen zu werden, muß er eine lange Minute warten, die Frau Simka benötigt, um zwischen ihm und dem Brief hin und her zu blicken und in Wahrheit ihren inneren Widerstand zu überwinden. Soll sie diesem fremden Mann den Zutritt zum Heiligtum ihres Schlafgemachs gewähren? Einen Besuch zu dieser Stunde empfangen, da ihre Wohnung nicht geputzt und sie selbst nicht zurechtgemacht ist? Frau Simka hat ihr ganzes erwachsenes Leben in der Vorbereitung auf die Ehe und in der Ehe verbracht, und ihre Ansichten über die Paarung von Menschen sind durch Umständlichkeiten belastet.

Sie bemerkt nicht, daß es dem Gast pressiert, daß dieser unverbesserliche Lüstling möglichst schnell noch einen Körper auf der Liste der Möglichkeiten abhaken will, ihren Körper mit den reifen Formen, den ihm der Zufall beschert hat. Sie bittet den Gast um Nachsicht wegen des ungespülten Geschirrs auf dem Küchentisch und führt ihn ins Zimmer mit den Ehebetten, den niedrigen, chintzbezogenen Sesseln und der als Aschenbecher dienenden Muschel aus Perlmutt. Hier wird er nervös zwei Zigaretten rauchen, während er darauf wartet, daß sich Frau Simka für das Beisammensein mit ihm fertigmacht. Jenseits der verglasten Küchentür hört er Wasser plätschern, eine Blechschüssel über den Boden scharren, Gewebe auf nasser Haut reiben. Dann erscheint Frau Simka mit ramponierter Frisur und feuchten Waden, tritt zum Schrank und entnimmt ihm frische Wäsche, die sie seinem ungeduldigen Protest zum Trotz über das Bett breitet und in die sie die ihres alten Bezugs entkleidete Steppdecke hüllt. Dann nimmt sie, diesmal verstohlen, noch etwas Kleines und Leichtes aus dem Schrank, das sie an ihre üppige Brust drückt und in die Küche trägt. Im Zimmer tritt lange, ahnungsvolle Stille ein. Dann öffnet sich endlich die Küchentür, und sie kommt: unsicheren Blicks, mit offenem Haar, in einem Frisiermantel, der lauter weiße Rundungen vermuten läßt, und darunter in dem, was sie eben aus dem Schrank geholt hat: durchsichtiger, neuer rosafarbener Wäsche, die sie zwei Monate zuvor auf Kredit gekauft hat, um das erloschene Liebesfeuer im ehelichen Herd wieder anzufachen.

Wenn er sich etwas Zeit von der Arbeit stehlen kann, eilt Uhrmacher Špiler in die Prešeren-Straße zu dem Haus mit dem ausgeschnittenen Viereck in der herabgelassenen Jalousie. Das hat etwas mit Jagdleidenschaft zu tun: Ahnen, Ausspähen, Vorbereitung. Er mustert die Gesichter der Passanten: keiner vermutet, wohin er unterwegs ist. Er blickt zu den Fenstern längs der Straße: beobachtet ihn jemand hinter den Scheiben? Wenn er das Haustor öffnet, ist sein Blick mißtrauisch nach vorn gerichtet: kommt ihm vielleicht einer von den Hofmietern entgegen? Er schließt das Tor hinter sich, lauscht, gewöhnt seine Augen an die Dämmerung. An jener Tür befindet sich wieder das Vorhängeschloß, aber Špiler geht nicht gleich fort. Er überlegt: wohin mag diese Tür führen, und wenn es wirklich der Raum hinter der eisernen Jalousie ist, was kann das für eine Kupplerin sein, die in so einem Zimmer hinter ewig herabgelassener Jalousie mit einem leeren Viereck anstelle eines Fensters wohnt?

Vor ein paar Tagen hat er endlich die Antwort erhalten: das Vorhängeschloß war nicht an seinem Platz, die Tür nackt und entwaffnet, aus dem Inneren strömte die Ahnung verborgenen Lebens. Špiler klopfte, eine rauhe Stimme antwortete. Er drückte auf die Klinke und schritt über die hohe Schwelle in die lauen Ausdünstungen eines bewohnten Raums.

Er erblickte ein riesiges, seriöses Bett mit

prallem Strohsack und verwaschenem, gestreiftem Plumeau; dann ein paar schiefe Tische und Regale und lädierte Sessel mit darübergeworfener Frauenkleidung; schließlich tauchte die Besitzerin dieser Möbel und Kleider auf: ein schlaffes, bleiches Gesicht, darüber Strähnen lange nicht gefärbten, von grauen Fäden durchzogenen Haars. Er schaute sie und die Gegenstände an: das war einer der Augenblicke, für die er lebte: er machte Bekanntschaft mit einem neuen Ort künftiger Verzückungen, was jedoch nur er wußte. Und wie es regelmäßig bei ihm der Fall war: das Gefühl des einzigartigen Augenblicks gab ihm Sicherheit, jene Sicherheit, mit der er auf Frauen zuging und ihnen über ihr Mißtrauen und ihre anfängliche Verlegenheit hinweghalf, weshalb sie ihn einen Gentleman nannten.

Diese hier, davon überzeugte er sich gleich, nachdem er sie angesprochen hatte, war von der schlimmsten, aber deshalb auch besten Sorte: eine Anfängerin, zu gesetzwidrigem Tun durch eine Armut gezwungen, die mit ihren Gewohnheiten unvereinbar war; in Versuchung geführt durch den letzten Rest ihres Eigentums, diesen ungewöhnlich gelegenen, einzigen Wohnraum in der einstigen Schuhmacherwerkstatt, in die ihr Mann sie nach der erzwungenen Scheidung verbannt hatte.

Da er vermutete, daß sie daran gewöhnt war, rücksichtslos behandelt zu werden, ließ Špiler seinerseits alle Bedenken fahren: er berief sich sofort auf die gemeinsame Bekannte Nataša, und als die

Frau bei deren Namen zusammenzuckte, erzählte er ihr auch, wie ihn das Mädchen hintergangen hatte. Sie breitete bestürzt die Arme aus und bot ihm Platz auf einem Sessel voller Unterwäsche an; sie leckte sich die Lippen mit der abgeplatzten Schminke und verriet ihm, daß sie selbst eine Zeitlang ein Opfer der Lügnerin gewesen war, nachdem sie auf Überredung einer früheren Bekannten, der sie hin und wieder die Wohnung überließ, auch Nataša eine Zuflucht gewährt hatte. Nataša habe ihr die Gäste nicht nur zu unmöglichen Zeiten hergebracht, sogar spätabends, so daß sie stundenlang im Dunkeln vor dem Haus stehen mußte; sie habe sie nicht nur anstelle der Bezahlung mit leeren Versprechungen abgespeist, sondern ihr das zweite Schlüsselbund entlockt, um auch in ihrer Abwesenheit und ohne ihr Wissen die Wohnung benutzen zu können, also sei sie schließlich gezwungen gewesen, das Vorhängeschloß anzubringen. »Sie ist ein nichtsnutziges Ding, mein Herr«, rief sie am Ende und schüttelte ihre rotgefärbten Strähnen, »das Sie lieber vergessen sollten.«

Špiler stimmte düster zu. Das war natürlich geheuchelt, denn die Erinnerung an Nataša hatte sein Begehren aufleben lassen; die Schilderung ihrer Betrügereien bekräftigte ihn in seinem Entschluß, ihren Stolz zu brechen, sie sich für ein paar Augenblicke untertan zu machen. Aber das war Zukunftsmusik, und er hatte sich diese neue Zuflucht mit so viel Beharrlichkeit erkämpft, daß er sich nicht vorstellen konnte, sie ungenutzt zu verlassen. Seine Blicke wanderten immer wieder zu dem großen, strengen Bett, das wie ein Katafalk in dem durch das Viereck im eisernen Panzer des Rollos hereinfallenden Lichtstrahl stand; sein Gehör nahm die Stille des Raums auf, die unter den scharf akzentuierten Schritten von der Straße noch dumpfer wirkte; er hatte den Eindruck, sich in der sichersten Festung für sein geheimes Laster zu befinden, zugleich jedoch auf so weit vorgeschobenem Posten, daß er von der Brustwehr aus die ganze Welt im Visier hatte, die es zu unterwerfen galt. Er bat die Frau – sie hieß Emilija –, ihm einen Ersatz für die Freuden zu verschaffen, um die er betrogen worden war, und nach gewissem Zögern, während dem sie die Tiefe seines Verlangens und seine Freigebigkeit abschätzte, versprach sie, alles zu tun, um ihn zufriedenzustellen.

Aber sie merkte an, daß das Mädchen, das sie ihm – aus der nächsten Nachbarschaft – holen werde, unerfahren sei; erst kürzlich habe sie Frau Emilija ihren Entschluß anvertraut, um jeden Preis Geld zu verdienen, so daß Špiler leider etwas Geduld haben müsse, um ihren Widerstand und ihre Scheu zu besiegen. Damit versprach sie, ohne es zu wissen, das Kostbarste; aber das löste bei Špiler jetzt nicht die höchste Erregung aus. Und auch nicht einmal die kurz darauf verwirklichte Begegnung, obwohl das Mädchen schön und sittsam war. Am meisten erregten ihn jene paar Minuten zwischen Versprechen und Erfüllung: als er nach Frau Emilijas Fortgehen an das Viereck im Rollo trat und ihrer schlaffen Gestalt bis zu einem Haustor auf der anderen Straßenseite nachschaute, als er im selben Haustor die Niegesehene erblickte, auf die er wartete; die Minuten, in denen er beobachtete, wie sie unwiderruflich näher kam und hinter sich die Stille des Katafalks spürte; die Minuten, die wie aus dem launischen Strom der Zeit gerissen plötzlich gehorsam und mit der Festigkeit von Steinen in seiner fiebrig-trockenen, zitternden Hand lagen.

Seit ihre Annonce erschienen ist, hat Katarina eine neue Beschäftigung: ihre Wohnung vorzuführen und fremde Wohnungen zu besichtigen. Diese zusätzliche Arbeit ist der ständigen nicht untergeordnet, sondern ergänzt sie in gewisser Weise: sie bedeutet, unbekannte Menschen zu empfangen und aufzusuchen, über ihre Einkünfte und ihr Ansehen nachzudenken, in die verborgenen Winkel zu spähen, wo sie schlafen und sich paaren, von auskunftsfreudigen Nachbarn etwas über ihre Marotten und Schicksale zu erfahren. Abzuwägen, zu vergleichen, zu wählen, das wird Katarina hier nicht nur ermöglicht, sondern aufgedrängt, denn jeder, der auf ihr Inserat antwortet, kommt mit dem demütigen Wunsch nach mehr Raum, und Katarina hat drei Zimmer, die sie für zwei günstiger gelegene oder gar nur eines herzugeben bereit ist.

Ihre neue Macht berauscht sie, sie muß sie unter dem Vorwand, einen Rat zu suchen, jedem Bekannten zu verstehen geben. Und die Erregung, mit der sie diese Macht verdeutlicht, ist ansteckend. Die Möglichkeit, noch eine Wohnung mit separatem Eingang für Liebesbegegnungen zu erobern, reizt zudem die Phantasie von Paulas vertriebenen und Tante Ružas verängstigten Besucherinnen und Besuchern. In weitem Abstand voneinander halten sie Katarina an Straßenecken auf, umschleichen ihr Haus, und wenn niemand zu sehen ist, klingeln sie und rufen Katarina heraus, um neue Adressen zu erfahren oder mitzuteilen und das Versprechen eines neuen Termins zu erhalten.

Am Ende erliegt sie selbst der Spannung, die sie geweckt hat. Noch schwankt sie zwischen zwei Möglichkeiten ihrer engsten Wahl – einer Junggesellenwohnung in der Nachbarschaft des Warenhauses und einem Zimmer mit winziger Küche, etwas weiter entfernt, bei der Unierten Kirche. Aber gerade dieser Tage erhält sie die Nachricht, daß Beba beschlossen hat, ihrem Techniker untreu zu werden, weil er ihr den Unterhalt gekürzt hat. Und Beba ist eine zu kostbare Beute, als daß Katarina sie fremder Obhut oder dem Zufall auf Straßen und in Cafés überlassen würde. Zum zeitweiligen Ort der Begegnungen und zugleich Übungsgelände für Treffs unter günstigeren Bedingungen wird der Dachboden über Katarinas jetziger Wohnung in der Smiljanić-Straße bestimmt.

Die Holzstufen zum Boden sind mit ihrem Fundament gegenüber von Katarinas Tür verankert. Hier im Schnittpunkt des blassen Lichts von Straße und Hof empfängt die Hausherrin den Gast zur verabredeten Stunde. Sie blickt und lauscht unruhig um sich: ist da nicht im Hof das neugierige Gesicht eines Mitbewohners, nähern sich nicht Schritte von der Straße – in welchem Fall sie denjenigen schnell auf ihre Wohnung verweisen und deren Vorzüge laut preisen würde, als ginge es um die Tauschanzeige. Wenn sie sich überzeugt hat, daß trotzdem alles in Ordnung ist, nähert sie sich auf Zehenspitzen den Treppenstufen und zeigt wortlos mit aufgerichtetem Daumen über sich. Der Gast, der nur auf dieses Zeichen wartet, legt seine zitternde und schwitzende Hand auf das Treppengeländer und steigt hinauf, so schnell es sein Alter und Gewicht zulassen. Er wird oben bleiben, bis Katarina in der Annahme, daß seine Zeit abgelaufen ist, selbst hinaufsteigt, um ihn herunterzurufen und in einem erlauerten Augenblick der Stille auf die Straße zu schieben.

Der Dachboden, auf den er gelangt, ist klein, dämmrig, feiner Staub und abgestandene heiße Luft reizen die Schleimhäute. In einer Ecke ergießt eine Dachluke helles Licht auf ein lebendes Bild, und dieses Bild verdrängt alle anderen Eindrücke, denen die Sinne des Besuchers ausgesetzt sind. Im Brennpunkt des Lichts ist der schwarze Mantel des verstorbenen Buchhalters ausgebreitet; auf ihm sitzt Beba mit untergeschlagenen, vollen Beinen und wegen der Dachschräge auf die nackten, schlanken Arme gestützt. Ihr Gesicht ist bestrahlt wie ein Schild, die Augen geweitet, weil sie die sich aus dem Halbdunkel nähernde Gestalt nicht erkennen kann, und ihre Lippen sind kummervoll zusammengepreßt, denn sie weiß, daß sie keinen Laut von sich geben darf, was auch immer geschieht, weil sonst die ganze Straße zusammenlaufen und ihre Schande sehen würde.

Der Strafe wegen Verstoßes gegen die Moral sind nur zwei von Paulas Mädchen entgangen, und man muß sich nicht wundern, daß es gerade diejenigen sind, die diesen Verstoß herausgefordert haben. Denn was in der Welt der Schuld eine Sünde ist, wird in der Welt der Gerechtigkeit zum Verdienst; außerdem steht fest, daß die Brillenschlange gegen die Offenheit im Handel mit der Liebe rebelliert hat und daß das Opfer dieses Handelns im Augenblick der Festnahme die minderjährige Marica war. Auf Vorschlag des Ermittlers sind ihnen beiden die Strafen erlassen worden.

Sie sind vereint im Glück und benehmen sich wie Schülerinnen, die im letzten Moment und als einzige in der Klasse von einer schweren Prüfung befreit wurden. Noch sind sie beunruhigt, aber auch selig. Sie kommen nicht ohneeinander aus, denn nur sie kennen das Gefühl, das sie erfüllt, bis in die Einzelheiten aller Ursachen und Folgen. Über die anderen, Gefallenen, reden sie hastig flüsternd in vielen übertriebenen Ausdrücken des Bedauerns, die nur den Triumph unterstreichen, weil sie selbst deren Schicksal nicht teilen. In Paulas Mansarde gehen sie nicht – das wäre jetzt unpassend, weil sie als Verräterinnen gelten –, aber über die Botin Roksa erfahren sie, was dort geschieht, und malen es in düsteren Tönen aus: die Friedhofstrauer, die Ödnis, das Gejammer, wenn die Urteile zugestellt werden, Paulas Verzweiflung, weil sie weiter verhört wird und einer richtigen Verurteilung entgegensieht.

Sie verbringen ihre Zeit in Maricas Haus, in einem niedrigen Hofzimmer, dessen zwei kleine Fenster die Sommerhitze einlassen. Hinten im Zimmer stehen zwei Ehebetten; dort wälzt sich im schmutzigen Hemdchen Maricas sieben Monate altes Söhnchen, die Frucht ihrer ersten unbedachten Liebe. Sie beide sitzen am Bettrand, wegen der Hitze ebenfalls entblößt: Marica im Unterrock, dessen Saum ihre bräunlichen Schenkel spannen, und die Brillenschlange ohne Schuhe, die Bluse aus dem Bund des kunstseidenen Rocks gezogen. Es ist Mittag, Maricas Mutter bereitet mit scheppernden Töpfen in der Küche neben dem Zimmer das Essen. Sie ist eine stille Frau, bedrückt von den Ausfällen der jüngsten, ohne Vater aufgewachsenen Tochter; aus dem Geflüster der Hausbewohner während der letzten Tage hat sie erahnt, daß neue Ungelegenheiten bevorstehen, aber in diesem Augenblick ist sie beruhigt durch das fröhliche Gespräch, das sie aus dem Zimmer vernimmt, und macht Marica nicht wie sonst Vorwürfe, weil sie ihr nicht hilft.

Nach dem Essen – Kartoffelpaprikasch ohne Fleisch – wird es ruhig im Haus. Marica hat den Sohn gestillt, und er schläft satt in der Rinne zwischen den Betten. Die Mutter spült in der Küche mit leisem Wasserplätschern das Geschirr, die beiden Frauen im Zimmer reden über die Zukunft.

Zu den Kupplerinnen wollen sie nicht mehr gehen, das haben sie beschlossen – eine Wiederholung des Vergehens würde ihnen vielleicht eine strengere Strafe einbringen als die, welche jetzt über die anderen verhängt wurde. Aber wohin sonst? Die Brillenschlange wohnt in einer »Massenunterkunft«, einem Dreibettzimmer bei einer alten Fabrikarbeiterin am Stadtrand, und Marica mit ihren drei Brüdern würde es nicht wagen, der Mutter mit einem zweideutigen Vorschlag zu kommen.

Sie sehen keinen Ausweg und ergeben sich der Mittagsmüdigkeit. Sie möchten rauchen, haben aber keine Zigaretten und kein Geld, um welche zu kaufen. Sie prusten, fächeln sich mit gefalteten Zeitungen Luft zu, dann legen sie sich zu beiden Seiten des schlafenden Babys in die Betten. Bevor sie einschlummern, blicken sie noch ziellos zum rußigen Treffpunkt der Fliegen an der Zimmerdecke auf und wechseln nur ein paar bedeutungslose Worte. Ihre Gedanken sind träge und nicht mehr gemeinsam, obwohl fast identisch. Sie verkörpern Stufen des Zweifels an dem Beschluß, den sie eben feierlich getroffen haben.

Der Markt für alten Kram heißt in Novi Sad nicht »Flohmarkt«, sondern »Nylonmarkt«, denn er ist eine Errungenschaft der neuen Zeit wie die erwähnte Kunstfaser; die Anregung zur Eröffnung dieses Marktes kam mit den Paketen aus Amerika, die in den Jahren der Not nach dem Krieg anstelle von Geld bei den hiesigen Verwandten eintrafen und mit dem Ziel, zu Geld gemacht zu werden. Diese Pakete kommen schon längst nicht mehr, aber geblieben ist der Name des Marktes mit dem luxuriösen Unterton, der ihm dennoch nichts von seiner Ärmlichkeit nimmt. In der Nachbarschaft des Viehmarkts an einer von niedrigen Häuschen gesäumten Nebenstraße gelegen, offeriert der »Nylonmarkt« seine Ware auf Decken und Tüchern, ausgebreitet auf dem festgetrampelten Boden, der sich anstelle von Gehwegen zu beiden Seiten des türkischen Pflasters erstreckt. Die Ware besteht aus getragenen Kleidern, Blusen, Hosen, Schuhen, Mützen; altem Werkzeug, rostigen Maschinenteilen; einzelnen seltsam geformten Gegenständen aus Eisen oder Holz, deren Bestimmung meist nicht leicht zu erraten ist – Abfälle des Alltags.

Während des Winters ist der Markt fast zusammengebrochen; die unangenehme Zeit der Kälte und der mageren Verdienste hat Händler und Käufer von diesem Ort ferngehalten, an dem man nie weiß, wer was verlangt und wer was anbietet – es unterliegt dem Zufall. Aber das Frühjahr mit seiner herbeigeeilten warmen Sonne, die vom Himmel aus die Luft verdünnt und die Körper von den Schichten der Kleidung befreit, reizt in jedem die Lust auf das Ungewisse, und so ist der Markt heute voller Menschen. Im grellen Licht flimmern die bunten Gewebe wie ein Kaleidoskop; die Händlerinnen und wenigen Händler in dichter Doppelreihe heben unter anpreisenden Rufen Stück für Stück über den Kopf; die von der Hitze und dem reichen Angebot berauschten Käufer drängen sich, schauen, betasten, feilschen zerstreut, kaufen Dinge, die sie nicht brauchen, treten einander auf die Füße, schwitzen, gehen unermüdlich mit schleppenden Schritten umher.

Zu beiden Seiten der Grenze aus Lumpen gibt es viele aktive und ehemalige freigebige Mädchen. Hinter einem Haufen zerknüllter Sommerkleider steht breitbeinig und rot bis zum Platzen die dicke Vuksana, einst Sängerin im »Dalmacija«; hier ist auch Miluška, die träge zwei, drei zerbeulte Töpfe allein mit dem schwarzen Glanz ihrer schnapsgierigen Augen feilbietet; Radica, die vor ihrer Heirat zwischen Tante Ružas und Paulas Wohnung wanderte und keinen Film und keinen Korso ausgelassen hat, jetzt bleich und blutarm, mit fettigem Haar, im alten Wintermantel, dessen kühner Schnitt einstigen Ruhm verrät, hält zwischen schwarzen Fingern ein Bündel Lötstäbe und eine Docke mit Schnur. Und im Rudel der Käufer ziehen, mit schwitzenden Händen um die Taille gefaßt und über jede Kleinigkeit lachend, Roksa und die Brillenschlange vorbei, eine im bunten Kleid und die andere im schwarzen Rock mit grellfarbenem Pullover, und suchen neugierig nach noch bunteren und grelleren Dingen, um ihr Geld dafür auszugeben.

Das ist neben den Zimmern der Kupplerinnen der vertrauteste Ort für die Mädchen: frei, müßig, voller bunter Fetzen, die noch die Formen und Gerüche fremder Körper in sich tragen, ihnen entrissen durch den Tod oder durch Diebstahl oder durch plötzliche Not.

Die Abteilung Inneres befindet sich am Heldenplatz in einem neuen vierstöckigen, von einer kurzlebigen Exportfirma übernommenen Gebäude. Die Räume sind luftig und hell, die Flure sauber und still, trotz der Menge der Besucher; aber Emina glaubt, daß sie in einem alten, finsteren Haus mit niedrigen Decken, wo die Worte von Stapeln staubiger Akten an den Wänden verschluckt werden, leichter ihre Aussagen gemacht hätte.

Sie hat sich beim Richter gemeldet, dessen greisenhafte und müde Erscheinung sie einigermaßen beruhigte; er winkte der mageren Beamtin am Nebentisch, die Akte herauszusuchen, und blätterte lange nervös in den Papieren zwischen den geöffneten Deckeln. Schließlich sah er Emina über seine Brille hinweg an, schlug mit der flachen Hand auf den Tisch und schalt sie mit rauher Stimme, weil der Beschluß, in dem alles schwarz auf weiß stand, an den falschen Bestimmungsort gegangen war, weil die Einspruchsfrist überschritten wurde, und noch wegen einiger Dinge, die Emina ebenso unverständlich waren, ihr aber wohltaten wegen ihrer Schärfe, vor der sich ihre Angst verkroch, und wegen ihrer Unverständlichkeit, welche die Angst vor dem Bewußtsein verbarg.

Indes mischte sich die Beamtin ein, die hinter dem Richter stand; sie stellte Emina ein paar kurze und klare Fragen über ihre Reise nach Bosnien, entnahm dem Schrank eine Kopie des Urteils und reichte sie ihr, und dann grub sie aus der Akte noch einen gefalteten Zettel, den sie glättete und aus dem sie dem Richter etwas vorlas. Dieser warf den Kopf zurück, um der Beamtin ins Gesicht zu sehen, und von dieser Bewegung veränderte sich sein Ausdruck, wurde bestürzt und böse, schließlich schloß er ergeben die Augen, und die Beamtin warf Emina einen hämischen weiblichen Blick zu. Sie ging hinaus und rief einen Milizionär, der Emina zu den Ermittlern im Stockwerk darüber brachte.

Die mißfielen ihr sehr, besonders der Jüngere mit dem schütteren dunklen Haar, der an einem Tisch etwas abseits saß. Er mischte sich zunächst nicht in das Gespräch ein, das der Ältere, Untersetzte, der Tür näher Sitzende, führte, dessen rechte Hand in einem dünnen Lederhandschuh steckte. Der Jüngere musterte Emina nur verstohlen, aber als sie noch überlegte, wie sie auf die Frage nach den Gepflogenheiten bei Paula in der Mansarde antworten sollte, sprang er plötzlich auf, näherte sich mit kurzen schnellen Schritten, und ehe sie zu sich kam, zwang er ihr das schlimmste Gespräch ihres Lebens auf.

Er wiederholte nicht die allgemein gefaßte Frage des älteren Vernehmers, sondern zergliederte sie in alle Einzelheiten, ganz dicht vor Eminas Gesicht; hochrot und mit Schaumtröpfchen in den Mundwinkeln, peitschte er sie wie mit Ruten, stach sie wie mit Nadeln, drang immer tiefer in ihr Schamgefühl ein. Er wollte wissen, wie viele Gäste sie täglich empfangen hatte, wie jeder hieß, wie er aussah, wie er sich benahm, wieviel Geld er gab und was alles er dafür haben wollte; er verlangte mit einer Leidenschaft, die sie aus seinem heißen, kranken Atem spürte, jedes Wort zu erfahren, das sie und der Fremde gesprochen hatten, jede Bewegung, jene winzigen Details, die Emina vorher nicht einmal im Gedächtnis behalten hatte und die jetzt am schwersten auszusprechen waren, weil sich gerade in ihnen ihr Anteil an der Liebe verbarg, ihr eigener Genuß, den sie für sich behalten hatte, während sie ihn empfand und erwiderte. Als er das Verhör unterbrach, keuchten beide vor Erschöpfung; aber in seinen Augen war ein Glanz, der keinen Frieden verhieß. Und wirklich, als sie ging, befahl er ihr, schon wieder scheinbar gleichgültig an seinem Tisch sitzend, am übernächsten Tag pünktlich zu Mittag wiederzukommen.

Die kleine pausbäckige Nada ist nur zweimal bei Paula gewesen: mit dem feinen Gerichtsreferendar Ružičić und mit einem betrunkenen Fahrer, der sie derart zerbissen und mit seinem Bart zerkratzt hat, daß sie die Mansarde weinend und für immer verlassen hat. Aber sie hat noch immer keine Beschäftigung, die Mutter bekommt eine kleine Pension, und der Referendar erkundigt sich nach ihr, weil sie ihm gefallen hat. Um ihn nicht zu verlieren, sich aber auch nicht den Grobheiten auszusetzen, die ihr bei Fremden auflauern, hat sie eine neue Freundin, Ilona, gebeten, ihr für die Begegnung mit Ružičić Asyl in ihrer Wohnung zu gewähren.

Ilona hat zugestimmt, aber unter der Bedingung, daß sie für die Überlassung der Wohnung keinerlei finanzielle Entschädigung erhält; sie ist eine gesetzte Staatsbeamtin mittleren Alters, für die es sich nicht schicken würde, Nutzen aus einer verbotenen Sache zu ziehen. Sie tut Nada nur einen Gefallen, denn sie empfindet für sie die Zuneigung einer älteren Kameradin, die weder Mann noch Kinder hat. Sie tröstet sie gern – so hat sie sie auch in ihrem Amt kennengelernt, wo Nadica versucht hat, eine Anstellung zu finden –, und wenn der Trost nicht hilft und das rundliche, weichhäutige Mädchen die zitternde, feuchte Wange an ihr welkes ungeküßtes Gesicht drückt, überflutet Ilona heiße Seligkeit, die sie stundenlang keinen Schlaf finden läßt. Wegen dieser einzigen glücklichen Beunruhigung in ihrem montonen Leben hütet sie die Freundschaft zu Nadica, hütet sie eifersüchtig und insgeheim voller Angst vor einem dauerhaften Erfolg, der das Mädchen von ihr trennen könnte. Ernsthaft droht so eine Gefahr nicht, denn Nadica ist ungeschickt, leichtgläubig und infolge der sanften Erziehung durch ihre frühverwitwete, passive Mutter unfähig zu selbständigen, mutigen Entschlüssen und Schritten. Aber trotzdem … Lieber als das Mädchen dem Zufall auszuliefern, unterstützt Ilona die Versuchung von seiten des Referendars aus der ihr selbst unzugänglichen, schmutzigen und lüsternen Männerwelt, weil sie glaubt, daß Nadica, sobald sie ihr erliegt, sich gedemütigt und verloren fühlen und ihr weinendes Gesicht an Ilonas Brust drücken und damit jene Funken schlaflosen Bebens in ihr entzünden wird. Ihnen opfert sie also die Reinheit ihres altjüngferlichen Heims.

Dieses Heim ist so ungemütlich wie seine Besitzerin. In den Jahren der Wohnungsnot durch den Umbau des Vestibüls eines dreistöckigen Hauses entstanden, besteht es aus einem riesigen Raum beim Eingang ins Haus, von wo man eine steile Holztreppe hinuntersteigen muß. Der Gast (nach dem Referendar folgen weitere) steht auf der obersten Stufe wie über dem Zuschauerraum einer Arena. Hat er die Augen an das künstliche Licht gewöhnt, das die Lampe mit dem Schirm hinunterwirft, erblickt er in der Tiefe ein ständiges

Flimmern: den Widerschein von Nadicas Seidenstrümpfen an den dicken Kinderbeinen, die über den Rand der Ottomane baumeln, ohne den Boden zu berühren. Und dicht neben ihr in dem riesigen, fast leeren Raum das Blinken von Ilonas starren glasblauen Augen, die mit dem Haß der Verliebten hinaufblicken.

Emina hat mit zitternder Hand die Fahne ihrer Ehre hochgehalten, bis zu der Stunde, da ihr der Ermittler, jener Dürre mit den Schaumbläschen in den Mundwinkeln, am Ende eines quälenden Verhörs wie nebenher mitteilte, daß ihre Strafe rechtskräftig, das heißt durch nichts mehr abwendbar sei. Nach dieser Nachricht *konnte* sie nicht allein bleiben, aber noch weniger Envera unter die gehässigen Augen treten. Sie ging zu Paula, zum erstenmal, seitdem sie dort kontrolliert worden war, nach drei Monaten der Reue und der guten Vorsätze, sich nie wieder dort sehen zu lassen.

Es war etwa ein Uhr mittags – im Treppenhaus, nach der Straße, kühl und still. Ihre einsamen Schritte hallten unter dem spiralförmigen Gewölbe wider, aber kein Mieter guckte, wer da kam, noch reagierte in der Mansarde jemand auf ihr Räuspern. Sie mußte klopfen und wartete lange, bis sich die Tür des Zimmers – nicht die der Küche, wo sie angeklopft hatte – öffnete. In deren dunklem Spalt konnte sie Paulas Gesicht unter dem Kopftuch kaum erkennen. Sie sagte nichts, und auch Paula, die ebenfalls nichts zu sehen schien, stellte keine Fragen. Schließlich zog sie sich von der Tür zurück, und Emina trat ein.

Drinnen war es düster – die Gardine geschlossen –, nur das aufgeschlagene Bett schimmerte weiß mit der Steppdecke, deren Windung Paulas Hüfte nachzeichnete. Dann fiel auf diese helle Insel ein Schatten und danach Paulas schwerer Körper. Es herrschten Dunkelheit und Stille.

Diese Stille, diese Verhaltenheit, diese verzweifelte Trägheit taten Emina wohl; mit ihrer Hilfe fühlte sie sich zum erstenmal seit ihrer Rückkehr nach Novi Sad von der Pflicht befreit, ihre Schuld zu rechtfertigen. Das Gespräch, das sich zwischen ihr und Paula entspann – unentschlossen und voller Pausen, so wie jetzt alles an diesem Ort einstiger Ausgelassenheit war –, berührte diese Schuld nicht, sondern bewegte sich im Einklang mit ihr an ihrem Rand, indem es nacheinander die Konsequenzen aufwarf. Daß Roksa und die Zigeunerin schon seit fünf Tagen im Gefängnis sind. Daß Radmila morgen antreten muß. Daß es im Gefängnis gut ist, sie brauchen nicht zu arbeiten, können Lebensmittel und Zigaretten empfangen. Das waren Angaben über ein Leben, wie es auch Emina erwartete, und während sie sie zur Kenntnis nahm, versetzte sie sich bereits unmerklich in dieses Leben, vor dem sie sich bis dahin geschüttelt hatte.

Es ist indes ein Leben wie jedes andere – begreift Emina jetzt während der faulen Stunden in der Mansarde. Auch in dieser riskanten Situation kommt das eine oder andere von Paulas einstigen Mädchen heraufgestiegen – die einstige Untermieterin Angela, dann Kaja, die gern hier geschlafen hat, dann die schlampige Mara –, um zu schwatzen, die Langeweile totzuschlagen. Emina entnimmt ihren Worten erleichtert, daß jede von ihnen schon das Gefängnis kennengelernt hat, daß sie sich mit fröhlicher Gleichgültigkeit daran erinnern und es nachlässig auch in Zukunft erwarten.

Sie hüllt sich in diese neue Erkenntnis wie in eine Decke; nur hier, unter den Mädchen in der Mansarde, geht es ihr gut; auf der Straße, wo die Sonne strahlt und die Menschen gedankenlos ihren Geschäften nachgehen, wird ihr kalt ums Herz. Sie mag keinen Schritt aus der Mansarde tun, bleibt bis spätnachts in Paulas Zimmer; jetzt bittet sie, wie einst Roksa, eine zufällige Besucherin, Brot und hundert Gramm Aufschnitt zu holen.

So konnte es geschehen, daß sie eines Abends, als Dević nach ihr suchte, nicht bei Envera war; daß er, beleidigt, sie später aufgab und daß es ihr darum nicht leid tat. Die Begegnungen mit ihm hatten sie zuviel Kraft gekostet, und sie hatte nur noch die Kraft – bei Paula, wo sie sich in der Stille und Unverbindlichkeit geschützt fühlte –, einen zufälligen Gast zu empfangen, der nichts wußte und keine Fragen stellte.

Solange sie mit ihm im Zimmer ist, steht Paula halb angekleidet auf dem Treppenabsatz vor der Tür, um rechtzeitig Bescheid zu geben, falls ein unerwünschter Besucher kommen sollte. Aber ein solcher kommt nicht – die Miliz hat Paulas Akte weitergeleitet, und die Adresse des Hauses an der Ecke der Zmaj-Straße steht nicht mehr in den Notizbüchern der Aufpasser. Käme es übrigens zu einem neuen Überfall durch die Miliz, so würde das an Eminas und Paulas Schicksal nichts ändern. Sie begleiten den Gast gleichgültig hinaus und teilen fast ebenso gleichgültig den Verdienst in zwei Hälften. Außer etwas zu essen brauchen sie nichts. Paula läßt sich stöhnend wieder aufs Bett fallen, und Emina setzt sich zu ihren Füßen auf die Steppdecke, Rücken und Kopf an die kühle Wand gelehnt.

Die Glut des Sommers, die langen, sonnigen, windstillen Julitage lassen Špiler nicht zu Maß und Ruhe finden. Er steht von einer halbfertigen Arbeit auf, erfindet für seinen Gehilfen einen Vorwand, tritt auf die Straße und begibt sich zu Tante Ruža oder Miluška oder Frau Emilija, drückt sich unschlüssig vor dem Haus mit Paulas Mansarde herum, klopft vergebens bei Angela, weil die ihre Tage mit Kaja verbringt. Er sucht und fordert, manchmal findet und bekommt er, aber es ist nie genug. Kaum glaubt er, bis zum Ekel gesättigt zu sein, da erhitzt ihm das Blut wieder die Wangen, seine Kehle wird trocken, die gedunsenen Hände gieren nach neuen Berührungen. In seiner Einbildung sieht er Mädchen, die er längst aus den Augen verloren hat, und ihm scheint nun, daß er sie nicht lange genug gehabt, sie seinen Sinnen nicht genug eingeprägt hat, daß sie ihm entglitten sind, bevor er sie richtig kannte – er möchte sich wieder mit ihnen treffen. Aber Tante Ruža breitet hilflos die Arme aus: in diesem gefährlichen Moment hat sie nicht den Mut, eine Abenteurerin zu sich einzuladen, von der sie lange nichts mehr gehört hat. Gegen ein Trinkgeld gibt sie ihm immerhin Zagas Adresse, verlangt aber von ihm, keinem zu verraten, woher er sie hat.

Zaga wohnt am Stadtrand in einer Straße, die in die Autobahn mündet; Špiler marschiert lange über den Asphalt unter der erbarmungslosen Sonne, ehe er bei ihr ankommt. Die auf der Adresse angegebene Nummer entdeckt er an einem unverputzten Haus, dessen Tor, schon während der Regenzeit demoliert, sich schief in die jetzt steinharte Erde gebohrt hat.

Jenseits des Tors gelangt er in einen schattenlosen Hof. In seine Tiefe erstreckt sich ein Gebäude mit einer Reihe von Türen, und vor jeder wimmelt es von ungewaschenen und halbnackten Kindern. Špiler sieht sich um, wartet, bis sich der alte Sack, der vor die letzte Tür gehängt ist, bewegt und nacheinander mehrere ungekämmte Köpfe sehen läßt, die jedoch verschwinden, sobald die Augen darin festgestellt haben, daß sie den Ankömmling nicht kennen. Schließlich tritt Zaga aus dieser Tür.

Sie ist mager, dürr, spröde, schnippisch, mit einer starken Falte zwischen den schmalen Brauen. Ihr Mann ist ein schlechtbezahlter Straßenkehrer und noch dazu Trinker, die Kinder kränklich und unterernährt, außerdem hat sie ihre Schwester auf dem Hals, die keine Arbeit finden kann. Nicht einmal die Aussicht auf Verdienst hebt Zagas Stimmung; statt Špiler ins Haus zu bitten, klagt sie über Kopfschmerzen, sie habe in der Nacht vor Hitze nicht schlafen können, auch jetzt herrsche im Zimmer eine höllische Temperatur, schlimmer als im Hof.

Er verzieht auch das Gesicht, beißt sich auf die Lippen, denn das ist nicht das, was er wollte. Aber dabei fällt sein Blick auf eine füllige junge Frau, die barfuß und in einem gürtellosen Kleid in der Sonnenglut das Feuer unter einem zerbeulten Kupferkessel schürt. Er erfährt, daß sie Zagas unverheiratete Schwester ist, und bietet eine hohe Belohnung für sie.

Zaga runzelt die Brauen, ihre Augen werden klein vor Wut, sie stimmt zu. Wortlos führt sie Špiler in ein verkommenes Zimmer voller Fliegen, aus dessen heißer Ödnis zwei Ehebetten aufragen wie eine Insel. Špiler setzt sich auf den Rand des nächststehenden Bettes und bleibt allein.

Im Hof erklärt Zaga der Schwester, was man von ihr will, und da sich das Mädchen empört sträubt, rächt sie sich doppelt: sie fordert Gehorsam und bekräftigt ihre Forderung durch den Vorwurf, sie äße den Kindern das Brot weg. Am Ende zerrt sie das erschrockene rundliche Mädchen beinahe durch die Tür, übergibt es Špiler, schlägt die Tür zu und sperrt sie von außen ab.

Špiler zieht die junge Frau langsam aus und tröstet sie dabei. Wie er vermutet hat, trägt sie nichts unter dem Kleid, ihr Körper ist stämmig und fest und gerötet von Sonne und Schweiß. Dieser Körper zittert, der Kopf wendet sich ab, damit die Augen voller Tränen die Schande nicht sehen, der volle und feuchte Mund verzieht sich wie bei einem Riesenbaby, so daß Špiler für einen Moment selbst über das erschrickt, was er tut, und sich fragt, wohin ihn seine Zügellosigkeit noch führen soll. Aber sein Verlangen ist erwacht, und zum Nachdenken ist es zu spät.

Im Gegensatz zu Emina hat Envera nichts zugegeben. Zwar ist sie eher aufs Geratewohl als Schwester einer der verurteilten Frauen und aufgrund unbewiesener Beschuldigungen vom vergangenen Jahr vorgeladen worden; aber sie hat sich auch selbst sehr gut gehalten, die Fragen des Kreuzverhörs mit einsilbigem, jedoch entschiedenem Leugnen zurückgewiesen und ist mit der unbestimmten Auflage, »daß sich so etwas nicht wiederholen dürfe«, entlassen worden.

Die beiden Schwestern befinden sich also jetzt in höchst unterschiedlicher Situation, und das hat Enveras anfängliches, damals schon zögerndes Mitgefühl ausgelöscht. Sie hat nie sehr viel von Eminas Fähigkeiten gehalten, worin ihr die beiden mißglückten Ehen der Schwester und nun der Ärger nach den paar Besuchen bei Paula recht geben. Weit entfernt von dem Gedanken, daß sie selbst zu diesem Ärger beigetragen hat, schreibt ihn Envera jenem labilen Zug in Eminas Naturell zu, der ihr selbst fremd und unbegreiflich ist. Und da dieser Charakterzug – seinerzeit als Fraulichkeit hervorgehoben – kein Geld mehr ins Haus bringt, wandelt sich die Verachtung allmählich in Haß.

Emina ist im Haushalt nicht sehr nützlich, zumal jetzt, da ihre Tage zerrissen sind durch die Vernehmungen und durch Weinkrämpfe vor und nach den Besuchen am Heldenplatz. Sie ist von Natur aus fleißig, aber auf eine Weise, die Ruhe erfordert, damit dieser Fleiß sich beweisen kann, der Fleiß kleiner und präzise arbeitender Hände, wie sie in Enveras Haus nicht passen, das einmal träge und schläfrig ist, dann wieder hektisch aufgeregt und erfüllt vom Greinen des bestraften Kindes. So beschränkt sich Eminas Rolle auf die eines zusätzlichen Essers am Tisch, und während der gutmütige Schwager Unteroffizier nicht auf den Gedanken kommt, sich deshalb zu beklagen, berechnet Envera die Mehrkosten und tobt.

Bisher gedämpft, denn die Gewohnheit familiärer Solidarität ist zu stark, um offene Vorwürfe zuzulassen. In ihrer Wut, sie nicht aussprechen zu können, murrt Envera gegen Eminas angebliche Faulheit und Ungeschicklichkeit, derentwegen sie für diese oder jene Verrichtung zuviel Zeit braucht und diesen oder jenen Gegenstand nicht dahin räumt, wohin er nach Enveras Meinung gehört. Und da Emina schweigt und nur die Tränen abwischt, die ihr jetzt so leicht aus den Rehaugen fließen, wird Envera immer rabiater. Als gestern nach dem Mittagessen das Kind zu weinen begann und die mit dem Geschirrspülen beschäftigte Emina ganz ruhig bemerkte, es sei Zeit, es zu Bett zu bringen, ist Envera aufgesprungen und hat mit dem Ruf: »Du hast mich nicht zu belehren« der Schwester eine schallende Ohrfeige versetzt.

Katarina hat sich am Ende für die im Parterre gelegene Einzimmerwohnung hinter der Unierten Kirche entschieden, die der bisherigen Mieterin, einer Schneiderin, wegen ihrer heranwachsenden Kinder zu eng geworden ist. Das Zimmer ist klein, die Küche winzig, aber das wird ausgeglichen durch die Ruhe der Straße, den separaten Eingang und die Abwesenheit anderer Mieter im Parterre. Jetzt, da der Umzug erledigt ist, zeigt sich ein weiterer, im Fieber der Besichtigung nicht bemerkter Vorzug: vom Fenster des etwas schräg stehenden Hauses ist die Straße in beiden Richtungen weit zu überblicken.

An dem Fenster mit der durchbrochenen Gardine steht heute Beba. Sie beobachtet die Straße: die zwei krummen Häuserreihen – die eine noch von der vorabendlichen Sonne beleuchtet, die andere schattig –, die Rinne des dunkelgrauen Pflasters, gesäumt von den heller grauen Gehwegen, und eine einzige Gestalt, die in dieser friedlichen Schlucht des späten Sommernachmittags unermüdlich auf und ab wandert. Das ist Katarina, die auf Dević wartet, um ihn persönlich in die Wohnung zu geleiten, denn dies ist sein erster Besuch.

Beba ist ein bißchen beunruhigt, aber weder Katarinas noch Devićs wegen, den sie schon auf Katarinas einstigem Dachboden empfangen hat. Sie hat erfahren, daß auch der Techniker Mijušković sie wieder haben will – gestern abend hat er volle vier Stunden vor Miluškas Haus verbracht, um ihr aufzulauern. Jetzt reizt sie die Möglichkeit, sich mit ihm zu versöhnen.

Sie hat den Ingenieur ohne Vorwarnung, aber mit Bedacht verlassen, weil sie seine eifersüchtige Kontrolle und seinen Geiz satt hatte – sie ist ohne Nachricht aus dem von ihm finanzierten möblierten Zimmer ausgezogen. Gegen ihn selbst hat sie allerdings nichts: er hat sie nie schlecht behandelt, sondern nur wegen ihres Leichtsinns und ihrer Verschwendungssucht getadelt, und sein bärenhafter Körper und seine bittenden Augen haben bei jeder Begegnung die Zärtlichkeit der Beschützerin in ihr geweckt. Falls er sie ausfindig macht und seine Fehler mit Geschenken sühnt, wird sie ihm gern erlauben, sie auch weiterhin zu treffen.

Aber nicht mehr wie bisher mit dem ausschließlichen Recht auf sie. In den viereinhalb Monaten, die sie unter seiner Obhut verbracht hat, ist sie schön rund und ihre Haut vom reichlichen Schlaf und Nichtstun straff und hell geworden. Auf einem Bein stehend und eine Hand zum oberen Rand des Vorhangs erhoben, fühlt Beba, wie überlegen ihr gesunder und fester Körper den Stoffen ist, die ihn umhüllen und verhüllen, den Geweben der Kleider und Strümpfe, dem Leder der Schuhe. Sie fühlt, daß er besser und stärker und wertvoller ist als dieses angenehm schmiegsame Material, und sie ist entschlossen, alle Rechte zu erobern, die einem solchen Körper gebühren.